晴日木屐

[日] 永井荷风 —— 著

潘郁灵 —— 译

中国出版集团　现代出版社

图书在版编目（CIP）数据

晴日木屐 /（日）永井荷风著；潘郁灵译. —北京：现代出版社，2022.1
ISBN 978-7-5143-9309-5

Ⅰ. ①晴… Ⅱ. ①永…②潘… Ⅲ. ①散文集—日本—现代
Ⅳ. ①I313.65

中国版本图书馆CIP数据核字（2021）第141591号

晴日木屐

作　　者：[日]永井荷风
译　　者：潘郁灵
责任编辑：申　晶　朱文婷
出版发行：现代出版社
通信地址：北京市安定门外安华里504号
邮政编码：100011
电　　话：010-64267325　64245264（兼传真）
网　　址：www.1980xd.com
电子邮箱：xiandai@cnpitc.com.cn
印　　刷：三河市中晟雅豪印务有限公司

开　　本：880mm×1230mm　1/32
印　　张：9.5
字　　数：168千字
版　　次：2022年1月第1版
印　　次：2022年1月第1次印刷
书　　号：ISBN 978-7-5143-9309-5
定　　价：49.80元

目录

晴日木屐

一名 东京散策记

序

    我将东京散步之记事合成一本，并以《晴日木屐》为题。其缘由在正文开篇就有说明，故此不再赘述。《晴日木屐》的记事始于大正三年①的初夏时分，此后的一年多时间里，每月于《三田文学》②上进行连载。此次，应米刃堂主人③要求，将这些内容改写后整理成卷。之所以每篇记事都附加了起稿的年月，是考虑到此书出版之时，文中所记的市内胜景想必有不少已遭破坏，无迹可寻。曾经的今户木桥如今成了铁吊桥，江户川的河岸都铺上了混凝土，鸭跖草花销声匿迹。樱田御门外，以及芝④赤羽桥

---

①公元 1914 年。

②《三田文学》，创刊于 1910 年(明治四十三年)，永井荷风主编。发表当时的著名作家森鸥外、谷崎润一郎、芥川龙之介等人的作品，同时刊登久保田万太郎、佐藤春夫、石坂洋次郎等新人作家的作品。

③米刃堂主人，即籾山梓月（1878—1953），明治、昭和时期的俳人，出版人。俳号庭后。明治三十八年创立籾山书店。大正五年与永井荷风共同创办了《文明》杂志。著有俳句集《江户庵句集》《浅草川》、小品集《迟日》等。

④芝，东京地名。

对面的闲地，如今不正在大兴土木吗？昨日之渊今日已成浅滩，世间万物变幻莫测，拙著中记录的日本今日之像，若能成为后人的谈资，亦不胜荣幸。

乙卯年^① 晚秋

荷风小史

---

①公元 1915 年。

第一　晴日木屐

　　我身量较高，出门时总是穿着晴日木屐，手里拿着一把蝙蝠伞①。哪怕晴空万里，若不穿上晴日木屐，带上蝙蝠伞，我也无法安心。这是因为我对终年潮湿的东京天气向来全无信心。都说男子的心、秋日的天空和朝廷的政事都是瞬息万变、难以捉摸的。春季赏花时，上午还是风和日丽，艳阳高照，一到下午两三点就刮起了大风，傍晚时分更是骤雨倾盆而下。梅雨前后更是如此。盛夏后，骤雨时常沛然而至，毫无征兆。古典小说中，变幻莫测的天气与突如其来的大雨，总能催生一段才子佳人的爱情佳话；即便是如今的舞台上也有不少骤雨突至，男女躲在隐秘的帷幔后偷情的场景。闲话休提，一双晴日木屐不仅是突至骤雨的好搭档，即便在天朗气清的冬日，也能让自己无惧山手一带冰消霜解后的红土地。铺着沥青的银座日本桥大街上，沟水横流，泥泞满道，穿上木屐便无所畏惧。

　　我一如既往，穿着晴日木屐，拿着蝙蝠伞。

　　我从小就喜欢在东京市内散步。十三四岁时，我曾经从小

---

①蝙蝠伞，即洋伞，因打开时形若蝙蝠，又被称为蝙蝠伞。

石川①暂时迁往麴町永田町的公屋居住。那个年代当然没有电车，当时我在神田锦町的私立英语学校上学，每天早上都要从半藏御门走到吹上御苑②尽头古松茂密的代官町大道，一路欣赏二之丸③与三之丸④大街上高耸的石垣和深不见底的护城河，接着走过一座竹桥，再沿着平川口御城门对面的御捣屋——如今的文部省⑤——走向一桥。刚开始的那段时间，我十分钟爱这一路的美景，走路于我而言就是一种乐趣，故也不觉得路途遥远。那时，宫内省⑥后门对面的兵营土堤中央长着一棵大朴树，树荫下的土堤旁有一口水井，一年四季都有摊贩在那里兜售诸如甜酒、夹心糯米团、稻荷饭团和甜汤等小吃，等待过路的行人停下脚步。偶尔也有五六个车夫和马夫停下休息、吃饭。若是从竹桥方向过来，御城内代官町大道的长坡道对步行者虽无影响，可对于车夫而言就是不小的挑战了，那片树荫恰好就是坡道的中央。东京就是如此，麴町、四谷一带是东京地势的最高点。盛夏的炎热天气里，放学回家途中，我和车夫、马夫一起，取井水浸湿帕子擦汗，接着爬上土堤，坐在那棵大朴树下乘凉。那时，土堤上已经

①石川，东京地名，位于现文京区西部。
②吹上御苑，位于皇居（东京都千代田区）吹上地区的庭院。
③二之丸，日本城堡中，城主的近亲、身负要职者以及家臣所居住的地方，也是防卫上的最终据点。
④三之丸，战时为前线，在此布置大将、精锐部队与敌人直接交锋。
⑤文部省，旧时日本的行政机关，负责教育、文化和学术的相关事宜。2001年以后与科学技术厅合并为文部科学省。
⑥宫内省，1947年以前的日本行政机关，负责皇室事务和接待国外使臣。

立起了"禁止攀爬"的牌子，但我向来无视，总喜欢爬到高处远眺护城河对岸的街景。其实适合登高望远的远不止这一处，从外壕的松荫处远眺牛込①小石川的高台，同样也是东京的一大绝景。

从锦町回家的路上，我或是从樱田御门绕行，或者途经九段。我很喜欢从不同的角度欣赏崭新的街区。一年后，我看腻了途中光景时，正好我家又迁回了小石川的旧宅。那年夏天开始，我在两国的游泳场练习游泳，繁华的下町和大川河两岸的风光便成了我的"新欢"。

今日，我在东京市内散步，正是为了沿着我自出生以来的生活轨迹找回昔日的记忆。世事变迁，看着昔日的名胜古迹被一点一点破坏殆尽，我的步履中也带上了一丝无常的悲哀与寂寥的诗趣。若要品味近世文学中的荒废诗情，何须远赴埃及、意大利，还有哪里能比如今的东京街头更令人深感无尽的哀伤呢？今日见到的寺门，昨日驻足的路旁大树，再看时大概就成了租房或工厂无疑了。那些名不见经传的建筑物和年岁尚浅的树木就更是如此了，真是令人惋惜至极。

毕竟自古以来，江户名景中就鲜有傲人的风景与建筑。宝晋斋其角②也曾在《类柑子》③中写道："隅田川之名虽流传千年，

①牛込，东京地名，位于现新宿东北部。
②宝井其角（1661—1707），江户前期俳人，松尾芭蕉门下十哲之一。本名竹下侃宪，又名榎本其角。江户人士。别号螺舍、晋子、宝晋斋、狂而堂等。江户座的创始人。
③《类柑子》，江户中期俳文、俳谐集。

但在高不可攀的加茂川和桂川面前，依旧不值一提。若有山峦则又是另一番景象。目黑既有盎然之山坡，又有无尽之水流，万种风情不逊嵯峨。王子虽美，却无宇治柴舟的壮丽山岛。护国寺虽也如吉野山般，千树樱花若飞雪之晨，但遗憾的是这里没有流水。住吉神移奉之处——佃岛之畔不见幼松，虽有拱桥却无甚趣味。宰府徒有崇奉之名，却是染川之色混合羽，相思河畔埋垃圾。且莫说都府楼观音寺的'唐绘①'，单说赤裸地悬挂着四目大钟的报恩寺，白色屋甍看起来就如同一扇屏风。林中树木萧疏，梅树上不见一片红叶。哪怕三月底设宴于青藤缠绕的回廊之上，毫无野趣可言的风景也吸引不了众人的目光……云云。"②

其角认为只有快晴的富士山才可称为江户名胜中唯一的无瑕名作。这大概可以算是对江户风景最公平的批评了。江户的风景堂宇中，无一处可匹敌京都、奈良。即便如此，江户城的风景于生于斯长于斯的人们而言，依旧能唤起他们心底别样的兴趣。这一点，从迄今为止众多与江户名胜相关的介绍、狂歌③集或画册中便可轻易得知。太平盛世的武士、町人喜欢游山玩

---

①唐绘，公元7—9世纪从中国输入日本的绘画，后来也泛指模仿中国绘画的内容、形式及技法等的日本绘画。

②隅田川、目黑、王子、护国寺、佃岛、染川、思河为东京地名，加茂川、桂川、嵯峨、宇治、报恩寺为京都地名，吉野为奈良地名，宰府、都府楼为福冈地名。此处将东京与日本各处的景致进行比较。

③狂歌，日本古典文学样式之一，狂体的和歌，以滑稽、诙谐为主调，题材多取自日常生活，用词雅俗兼具。全盛时期为江户时代，天明期最盛，幕府时期开始凋零，至明治以后几乎销声匿迹。

水。他们将赏花望景、寻访古迹视为最高的雅趣。所以，有些人即便毫无兴趣也要偶尔附庸风雅。私以为，江户人追逐江户名胜的最狂热时期，当属天明①之后的狂歌鼎盛时期了。想要品味江户名胜的韵味，至少要对江户轻文学有一定的了解，或者可以更进一步，具备戏作者的气质。

最近一段时间，我又开始穿着晴日木屐咔嗒咔嗒地走在东京街头，江户轻文学的感化作用自然不可忽视，但我的兴趣中也夹杂了一些近代趣味主义的影响。1905 年，一位名叫安德烈·阿利亚的巴黎记者，用一种戏剧化的眼光将社会万象写成观光记事，与他在法国各州古迹游玩的游记合二为一，取名为《逍遥游》②后发表。当时一位名叫安利·鲍尔德的批评家，以此为契机对何谓趣味主义做了一番解剖批判，详细内容就不在此处赘述。我想说的是西方国家也不乏与我有着相同爱好的人，在市内散步的同时，饶有兴趣地对近代世俗与历史遗物做一番深究。阿利亚是西洋人，当然不会如我一般对这个社会采取冷漠或是躲避的态度。这大概也是国情差异导致的吧。他与我不同，定是想在街头观察社会百态，而非无所事事地打发时间。而我却是闲云野鹤，既无义务也无责任，若要选择一个不露面、不花钱、无须他人陪伴、孑然一身、自由自在的度日之法，市

---

①天明，日本年号，1781—1798 年间。
②法语原名为 *En Flânant*。该作品的作者为安德烈·阿利亚（André Hallyas）。

内散步无疑是最佳方案。

　　许多法国小说中的落魄贵族都只是依靠少量的遗产度日，虽可保衣食无忧，但与众人共享浮世之乐却是不可能了，他们大多毕生寂寥、碌碌无为。这些贵族即便有心钻研学问，却无足够的资力支撑，想求职却又身无所长。只能终日里作画垂钓，在墓地四周散步，过着闲散却不花钱的日子。虽然我并未落魄至此，但生活方式与内心的感慨倒真是相差无几。如今的日本与文化烂熟的西方大陆社会不同，资本的重要性已经急剧下降，很多事情只要想做便能成功。一群男男女女的乌合之众聚在戏院里，只要对外宣称这是"艺术"就不乏看客。只要利用农村中学生的虚荣心，邀请他们投稿，就能轻而易举地创办文学杂志了。以慈善和教育的美名为借口，逼迫势单力薄的艺人们廉价演出，接着强行卖票，再通过舆论造势获取巨大利润。如今的富豪们也已放弃了人身攻击，先是沽名钓誉，待腰缠万贯时再伺机摇身一变，成为高雅的绅士，不久后就能顺利成为国会议员。日本大概是世界上最容易成事的国家了，纵使有人不满于世风日下，但除了主动隐退又能如何呢？一些焦急等待市内电车的人，一看到电车进站便如英勇的武士般粗暴地扒开众人飞奔而上。若不如他们蛮勇，不妨放弃对空电车的徒然守候，在一些没有汽车通行的小巷，或尚未因市区改造而惨遭破坏的老街中缓缓而行。并非只有乘坐公共电车才能通行东京，不知有多少街巷正静静地等待着姗姗来迟的过客在此悠然阔步。同理，现代的生活也并非定要遵循美国式的努力主义才能填饱肚子。只要没有"留胡子，穿洋服，吓傻子"的乡村绅士式野心，即使身无分文，没有可称为朋友的共谋者，没有需要阿谀奉承的前辈或是头领，也有不少方法可以创造优游自适的生活。同样是街头摆摊的小贩，我宁愿在庙会时默默坐在巷尾烙烧饼、捏面人，也不愿留着胡子、穿着洋服、用医学演讲般的口气卖药。我不愿如那些一副穷苦学生打扮的行商般，迈着大步走到别人家门前，粗鲁地打开格子门后高声喊道："夫人在家吗？"不明之人还当是打家劫舍的强盗呢。我还是愿意穿着古老的草鞋，戴上一顶斗笠坐在路旁叫卖龙虱、水蜡虫、箱根娃娃鱼或是越中富山的千金丹①。当这种叫卖声在秋日的黄昏或是冬日的清晨响起时，四周就会瞬间被一种悲寂的空气所掩盖。

我独行于东京街头，既非为了赞美新都会的壮观，从而论述其审美价值，也非企图热心探寻江户旧都之古迹，号召人们细心保存。如今一些所谓的古美术保存者，名为保护古美术之风趣，实则完全是在施加破坏，他们在古社寺的四周拉起铁丝，在涂漆的牌子上写上禁止事项。这倒也罢了，有些人还以保存古社寺的名义请来工匠修缮，这与破坏之暴举又有何异？实际的例子就不在此处多言。我漫无目的地走走，随手记录一些有

①千金丹，一种药。

趣之事也就罢了。与其在家中忍受内人的歇斯底里，或是遭遇报纸杂志记者的围剿，或是将敷岛牌香烟的烟灰再次堆满好不容易才打扫干净的火盆，倒不如趁着清闲外出走走。心里告诉自己："尽情走吧。"于是在市内各处慢悠悠地东张西望地转悠开了。

若非要在我这种漫无目的的散步上加一些目的，那大概就是当我随意提着蝙蝠伞、穿着晴日木屐走在路上，看到电车轨道后方居然还保留了一条市政改造前的老街时，抬头看到寺庙云集的山手小巷中葱翠的树林时，或是看到水沟、水渠上架着一座无名的小桥时，这些寂寞的景色总会触动我的心弦，让我依恋，不舍离去。虽然都是一些毫无用处的感慨，却让我感到无比欣喜。

同样是荒废的光景，但若是闻名遐迩的宫殿和城郭，往往就会被人以"三体诗"①的形式赋诗或写歌以流传千古，例如"太液钩陈处处疑，薄暮毁垣春雨里"②，或是"炀帝春游古城在，坏宫芳草满人家"③，等等。

不过，那些我喜欢穿着木屐去品味的废墟基本都是毫无特点的平凡景色，大概也只有我一个人觉得兴趣盎然吧。例如炮兵工厂砖墙旁的小石川富坂坡底右侧有一条小水沟，一条小巷

①宋初诗坛诗派林立，主要有"白体""昆体""晚唐体"三派，谓之"三体诗"。
②出自唐代诗人窦庠的《巡内》。
③出自唐代诗人鲍溶的《隋宫》。

沿着水沟一路蜿蜒至蒟蒻阎魔①方向。巷子两旁都是一些低矮的小屋，道路也越发曲折，待涂漆招牌和西洋风玻璃窗消失不见时，路旁就只剩下冰屋②等小旗在空中随风起舞。除此之外，再无一点色彩。裁缝铺、芋头铺、点心铺、灯铺等，巷子里的人们依旧靠着这些传统营生度日。每每看到新町的出租店铺门口挂起某某商会、某某事务所之类的气派木招牌，我就会为这些新时代企业隐隐感到不安，同时也深感创立者的风险之大。看到那些在贫瘠小巷中一生清贫度日的老人，除了同情与悲哀外，也不禁生出几分尊敬之意。我又联想到一些出身于这种贫苦家庭的独生女，或许已经被掮客卖去做了艺伎。我再次陷入了深深的思考，日本固有的忠孝思想与人口买卖传统之间的关系，以及其必定会对现代社会产生一定的影响，等等。

近日路过麻布纲代町边的后巷时，一家冰屋吸引了我的注意。店里挂着许多电影、国技馆③和寄席④的海报，一阵阵夏风从山崖上吹来，将这些海报吹得沙沙作响。冰屋内部毫无遮挡，从门外便可一览无余，此时一位十五六岁的姑娘正在练习清元曲，我一如往日般停下脚步，惊叹于这种不健全的江户音曲居

①蒟蒻阎魔，位于东京都文京区初音町源觉寺中的阎魔像。据传宝历年间（1751—1764），阎魔大人将右眼送给有眼疾的老奶奶来治好其眼睛，老奶奶便将自己最爱的蒟蒻用来当谢礼供奉给阎魔。从此前来祈求治愈眼疾的人络绎不绝，源觉寺也被称作蒟蒻阎魔。
②冰屋，冷饮店。
③国技馆，用于表演相扑运动的场馆。
④寄席，日本城市中的一种娱乐场所，主要用于日本传统艺能的讲谈、落语、漫才、浪曲，过去也曾用于表演义太夫（尤其是女义太夫）等。

然能够安然无恙地流传至今，也讶异于这种哀婉的曲调居然让我的心感到震撼。无意间被小姑娘弹奏的三味线所感动时，我就知道自己终究还是无法迎合这个世界的新思想，也无法接受这种在电灯下华丽地演奏江户音曲的世俗风潮。一旦出现某个让我深受打击的事情，我的感觉、兴趣和思想就会逐渐变得固陋褊狭，最终或许就会完全被这个世界所抛弃。我也时常努力反省，同时也萌生出了一种略带讽刺的好奇心：不如将自己看作一个毫无瓜葛的他人，放任自流，冷眼旁观最终的未知结局。拼尽全力克制自己只会让我越发苦痛，越发感到孤独和悲伤。有时伪装出恬淡洒脱的样子，实则心底隐藏着无尽的绝望。每每听人唱到"喝下苦酒，掩饰泪水刮花的妆容"时，我的心中便会生出一种特别的情绪。背后飞驰而来的汽车声总能把我吓一大跳，我从大路狼狈地逃进阴暗的小巷，亦步亦趋地跟在他人后面踉跄前行时，仿佛就连内心的痛苦、快乐与悲哀也与对方一同感悟了。

第二　淫祠①

我一如往常般穿着晴日木屐咔嗒咔嗒地走过后巷，穿过小

---

①淫祠，非正式的、民间自发建立的寺庙。

巷，淫祠总是静静地耸立在巷子里。淫祠从未受过政府的庇护，若能被放任不顾倒也罢了，最可怕的是动辄惨遭拆除。即便如此，东京市内的淫祠依旧随处可见。我喜欢淫祠，在我心中，淫祠的审美价值远高于铜像，因为它让后巷的风景变得更加生机盎然。本所、深川的小河桥头，麻布芝边的陡下，繁华街道的仓库之间，或者寺院云集的小巷拐角处都能见到一座座小小的祠堂和架着雨遮的地藏菩萨石像，四周依旧围绕着许多绘马^①和供奉手巾，偶尔还会有人在此焚烧线香。尽管现代教育想方设法要把日本人再次培养成狡猾的民族，但部分的愚昧民心依旧未能如其所愿。那些往路旁淫祠的许愿地藏菩萨的脖颈儿挂上围嘴儿的人，也许早已将女儿卖作艺伎，也许早已成了义贼，也许正在做着靠赌博一夜暴富的美梦。然而，他们不会使用文明的武器，既不懂得如何向报社披露他人隐私以复仇，也不懂得如何借正义人道之名谋财害命。

淫祠大抵都与预卜吉凶、祈求显灵等荒唐无稽之事密不可分，这也令它带上了几分滑稽的趣味。

圣天神前供着油炸馒头，大黑神前供着分岔萝卜，稻荷神前供着油炸豆腐，这是尽人皆知之事。芝日荫町的稻荷神前供着青花鱼，驹达的砂锅地藏前供着砂锅，这是头疼患者痊愈后

---

①绘马，日本人在神社或寺院祈愿感谢神明实现其愿望时用的一种木板，可以在上面画画或写字。

将砂锅放在地藏菩萨头上用以还愿的。御厩河岸的榧寺供奉着专治龋齿的饴尝地藏。金龙山境内有一尊供盐的盐地藏。小石川富坂源觉寺内的阎魔前供着蒟蒻。大久保百人町的鬼王神前供着豆腐，那是湿疹患者的还愿供品。向岛弘福寺的石婆婆神前供着煎豆，那是一名信徒祈求石婆婆保佑自己孩子的百日咳尽快痊愈。

在这些单纯而卑贱的愚民间祖辈流传至今的民俗，于我而言就如同猛然在祭神锣鼓之间看到舞蹈，或是发现供奉的绘马身上竟然描绘着灯谜般拙劣的绘画一样，为我带来了无尽的宽慰。不仅是因为这种习俗的怪诞可笑，更是因为隐藏在这种毫无依据的荒唐愚蠢深处的某样东西，能勾起我哀伤而奇妙的感悟。

第三　树

满目青叶翠，杜鹃声起初鲣上。[1] 区区十几字道尽过去江户城中最美时节的情趣。若要以文字代替北斋[2]及广重[3]等人的江

---

[1]江户中期俳人山口素堂所作俳句，原文为：目に青葉、山ほととぎす、初鰹。俳句中的青叶、杜鹃、初鲣，都是能代表夏季的事物。
[2]葛饰北斋（1760—1849），日本江户时代浮世绘画师，代表作有《北斋漫画》《富岳三十六景》等。
[3]歌川广重（1797—1858），原名安藤广重，幼名德太郎，江户时代末期的浮世绘画师，师从歌川丰广。自号"一游斋"，后改"一立斋"。代表作有《东海道五十三次》《名所江户百景》等。

户名所绘①风光，这首俳句已尽其意。

如今的东京，从市内到近郊都在日日开辟新路。所幸社寺之内、私人宅邸、崖畔、路旁等地依旧绿植繁茂，郁郁葱葱。工厂的煤烟和电车的鸣声似乎把飞翔于日本晴空中的鹞鹰都赶走了。雨后的深夜，即便明月当空，也听不见杜鹃的啼声。有了火车与冰冻技术，初鲣的滋味也不复往昔般珍贵。只有那满目的青叶，一到繁花落尽的阳历五月，便在下町的河畔、山手的坡上肆意伸展，让整座东京城尽染层翠。我等终于再次感受到这座江户城中最原始的快感。

住在东京的人们，不妨在穿上夹衣的那一天沿着小路到九段的坡上，或是神田的明神，或是汤岛的天神，或是芝地的爱宕山等处，随意登上一处高台欣赏一番东京的全貌吧。无论是清晨、晌午还是日暮，都能在明亮的初夏晴空之下，从蜿蜒无尽的瓦房之间看到银杏、椎、槲、柳等树梢上的新绿，在阳光下闪烁着美丽的光芒。每每见到这一迷人的景致，我的内心就会感到十分欣慰，尽管东京城因模仿西洋建筑配置电线和铜像而变得丑陋不堪，但还未到不可救药的地步。东京式的固有情趣依旧存在，就连我也说不出来究竟在哪里。

若说今日的东京还存留着都市之美，我敢断言树木与流水定是第一功臣。为山手遮蔽烈日的参天古树和流经下町的河流都

① 名所绘，日本浮世绘中的风景画风格。

是东京城最宝贵的珍宝。巴黎之美在于寺院、宫殿和剧场等建筑物，纵然无树无水，也无伤大雅。而我们东京一旦失去葱郁的树木，那壮丽的芝山内[①]灵庙也就完全无法保持其美丽与威仪了。

树木与流水对庭园的建造而言自然是必不可缺的两大要素，于城市美观而言又何尝不是呢？所幸东京城内自古多木，譬如据说出现于德川氏入国[②]前的芝田村町公孙树等参天古木，在城内也不算罕见。小石川久坚町光圆寺的大银杏，麻布善福寺内据称是亲鸾[③]上人亲手种下的银杏，都是数百年的古树。浅草观音堂旁的两株银杏也是声名远播，小石川植物园内的大银杏在维新之后险些被伐，树干上尚留有斧头的凿痕，所以在古树保护者群体中广为人知。只要稍加留意，就能在东京城内发现许多来历颇深的大银杏树。小石川水道尽头道路中央的第六天祠旁，以及柳原大街的破旧估衣店屋顶上，都耸立着一棵大银杏树。我还在一桥中学上学的时候，每每路过神田小川町大道，就总能看到一棵比电线杆还高的大银杏树从烟草屋的屋顶穿过。只要路过麹町的番町和牛込的御徒町，就能看到昔日旗本[④]宅邸内处处可见银杏古树。

银杏叶由绿转黄时，若与神社佛阁的粉壁朱栏遥遥相望，便成了一幅最具日本风情的山水画。不得不说，浅草观音堂的银杏确为东都公孙树中之冠。明和①时代，此树下有一间柳屋牙签店。铃木春信②和一笔斋文调③的锦绘④中均留下了店中美女阿藤的倩影。

松树显然比银杏更能衬托神社佛阁的庄严，也更富有日本式或中国式风景的韵味。江户的武士一般不会在家中种植花木，而常绿树中又独爱松树。许多旧日武家的宅邸中至今仍是松绿满庭，令人不禁怀念往昔。市谷堀端的高力松，高田老松町的鹤龟松，都是名动江户的古树。广重的绘本《江户土产》中就曾记载过江户城内的名松包括：小名木川的五本松、八景坂的铠挂松、麻布的一本松、寺岛村莲华寺的末广松、青山龙岩寺的笠松、龟井户普门院的御腰挂松、柳岛妙见堂的松树、根岸的御行松、隅田川的首尾松，等等。但是，大正三年的今日，又有几棵能有幸存活下来呢？

北斋锦绘《富岳三十六景》中就描绘了青山龙岩寺的松树。我曾以古代《江户图》为凭，在我的住地大久保附近的青山一带寻找过这座寺庙。寺庙残址位于青山练兵场内一个兵营背后的千驮谷地区，但堂宇在改建后就消失了，境内建起了出租公

①明和，日本年号，公元1764—1772年。该时代的天皇为后樱町天皇、后桃园天皇。江户幕府将军为德川家治。
②铃木春信（1725—1770），日本江户时代浮世绘画师，本名穗积次郎兵卫，号长荣轩，以描绘茶室女侍、售货女郎和艺伎为主的美人画见长。代表作有《座敷八景》《缘先物语》。
③一笔斋文调（生卒年不详），江户中期浮世绘画家。
④锦绘，特指彩色套版浮世绘。

寓，如今别说松树了，就连一处看着像庭园的空地都没有。我从《江户名所图绘》①上得知，这一带向来被称为山手地区的新日暮里，是因为此处有一座足可比肩日暮里花见寺的名园——仙寿院。我穿着晴日木屐特意来此寻找旧时古迹，穿过衰败的山门，石阶两旁的茶树倒是被修剪得十分整齐，让我不禁有些怀古伤今。往日的庭园早已消失，本堂旁尚且还留着数坪②墓地，似乎也不过是为了证明此处的曾经。

宽永寺的旭松，也就是人们所说的稚儿松如今还留在上野博物馆的院内。首尾松早已无迹可寻，而根岸的御行松依旧劲健。麻布本村町的曹溪寺尚有绝江松，二本榎高野山尚有独钴松。依旧还是古画中所绘的模样。

柳樱共迎春，同织城中锦。既爱城中之树，就绝不可闲却。樱中，有上野的秋色樱，平川天神的郁金樱，麻布笄町长谷寺的右卫门樱，青山梅窗院的拾樱，以及《名所绘》中描绘的涩谷金王樱、柏木右卫门樱与驹达吉祥寺的樱花林荫道，虽然不知这些颇有来历的樱花如今是否依旧可见，但只要用心寻找定会有所发现。知名的柳树显然少了许多。

史传当年隋炀帝在长安兴建显仁宫时③，曾于河南开凿济渠，

渠堤上种植柳树长达一千三百里。金殿玉楼绿波影，春风拂柳絮飘雪。黄叶菲菲舞秋风。想象那番美景，就宛如眼前放着一道螺钿屏风、一尊七宝古陶器，顿觉色彩令人眩惑。没有什么风景可与流水戏柳丝相媲美。东都柳原的神田川土堤上，茂密的柳树从筋违见附①一直延续到浅草见附。改称东京后不久，土堤被拆除，成了如今的红色砖瓦狭长平房。（据《武江年表》记载，拆除土堤的时间为明治四年四月，但狭长平房的建造时间则为明治十二年到明治十三年之间。）

　　柳桥无柳，这一点柳北先生②早已在《柳桥新志》中加以说明："桥以柳为名，而不植一株之柳。"不过距两国桥不远的川下沟上有座名为元柳桥的小桥，桥边长着一棵古柳，柳北先生的《柳桥新志》和小林清亲翁③的《东京名所图》中均出现过这棵柳树。尤其是那幅画中，朝雾轻笼水面，淡如薄墨的两国桥岸边立着一棵稍稍倾斜的粗壮柳树。树荫下站着一个身穿条纹和服的男子，肩头搭着一条毛巾，正背对着画面欣赏美丽的河流。闲雅之趣溢于画面。猪牙船④的橹声与鸥鸟的啼叫声似乎就在耳畔响起。可那柳桥想必早已枯朽了吧，河岸更是不复往昔模样，

---

①见附，位于城外郭用于警戒监视外敌入侵、攻击而设立的城门。过去江户城沿着外濠与内濠建造了三十六见附。如今赤坂见附、市谷见附等地名依然沿用。
②成岛柳北（1837—1884），日本汉诗作家，旧幕臣。所作汉文小说《柳桥新志》记述江户时代柳桥的风俗和变迁。
③小林清亲（1847—1915），日本浮世绘大师，以《东京名所图》为其代表作。
④船头狭长而尖、形似野猪獠牙的无顶小船，轻便且速度快。长约30尺，宽约4尺6寸，船底狭窄，易左右摇摆。

细流已被填埋，元柳桥的遗迹也已再难寻觅。

半藏门到外樱田堀之间，以及日比谷马场先和田仓御门外的护城河畔都种植着柳树，树下随处可见洒水车。这些柳树大概是明治时代之后才栽下的。广重在其锦绘《东都名胜》中描绘过外樱田的风光，但护城河畔的道路上却无一棵柳树，只有堤下水边的柳井处画着一棵柳树。以鄙人之陋见，这大概是因为堤上的柳树会影响观赏对岸古城中石垣古松的视野，所以此处无一树，更别提种植西洋的枫树之类了。

近年来，东京各区的路旁遍植枫树或橡树，竭力模仿西洋都市之风光，最不协调的莫过于赤坂纪之国坂的道路了。在赤坂离宫这种颇具御所①和京都风景的高墙旁，种上洋溢着异国风情的枫树，着实显得有些格格不入。山手一带，特别是护城河附近的道路上更无种植行道树的必要，因为那里即使没有行道树也依旧满目苍翠。行道树在繁华的下町②才能发挥出最大的作用。每至夏夜，银座驹形人形町大街的柳荫下便摆满了摊子，这里无须电扇，自然的凉风就足以让人舒坦自在，这不宛如星空下的一个大劝业场吗？

东京的树木可远不止这些，青山练兵场内的巨树王、本乡西片町阿部伯爵家的椎树、位于同区弓町的大樟树、芝三田蜂

---

①御所，日本天皇的住所。
②下町，庶民区。

须贺侯爵邸的椎树等也无一不是名动京城的古木，此处便不再一一赘述。

第四　地图

以蝙蝠伞为杖，脚穿晴日木屐于城内行走时，我总会在怀中放一张嘉永①版的江户区划图。倒并非因为讨厌如今的石版印刷东京地图，才更喜爱过去的木版绘图②，只是单纯为了穿着晴日木屐走在现代新路上时，能够随时翻出昔日的地图查阅，无须费力回忆，便可轻松找出江户之往昔与东京之今日的差异。

例如，近来牛込弁天町一带早已因扩建道路而变得面目全非，幸好后街小河的根来桥依旧如故，以江户区划图对照便知这里曾是根来组③成员的宅邸。我很开心，感觉自己似乎发现了一件历史大事。除了这种听起来颇有些痴傻且无益的兴趣之外，带着旧地图还有助于我更快找到昔日的风月名所与神社佛阁，我会在地图上涂色标记，并注明花店数量最多的某两地之间的距离，等等。若论精密程度，想必东京地图是绝比不上陆

①嘉永，日本年号，公元1848—1854年间。
②绘图，日语中一般指房屋、土地、庭院的平面图或图纸；日本近世以前也用作地图类的总称，用法同"古绘图"。
③根来组，江户幕府百人组之一。根来寺僧徒遭丰臣秀吉讨伐后，应德川家康之邀组成的组织。

地测量部的地图，但那种地图让人感觉索然无味，更无法仅凭地图想象出当地的风光。图上布满了用以标注土地高低的蚰蜒腿般的符号，精确程度高达几万分之一，反而失去了自由想象的乐趣，徒增繁杂情绪罢了。再看精度欠缺的江户绘图，上野等樱花盛开之处以樱花图案自由标识，柳原等植柳之处便略添几笔柳丝，在能够远眺日光筑波山峦的飞鸟山①处，更是在山峰之前加上了几片云朵。这种临机应变的绘图方式态度与精密的测量地图截然相反，极富趣味且浅显易懂。从这一点来说，不甚精准的江户绘图远比精准的东京新地图采用了更为直观，或者说是更凭印象的绘图方法。现代西洋式的制度中，譬如政治、法律、教育等万般诸事皆与此相同。现代的审判制度就犹如繁杂的东京地图，而大冈越前守②的眼力则恰如江户绘图。也可以说，东京地图如几何学，而江户绘图则如纹锦。

江户绘图已经与晴日木屐和蝙蝠伞一样成了我散步时不可或缺的伴侣。手持江户绘图，走进陌生的后巷，就如同又回到了曾经的那个时代。实际上，如今的东京市内，不仅找不到任何能让人神魂摇荡、不忍离去的或美丽或庄严的风景建筑，甚至还要尽力创造出几分兴趣来。否则，即使是一个无聊的闲人也会觉得如今的东京城内毫无看点。西洋文学的传入改变了这

①飞鸟山，位于东京都北部的丘陵。
②大冈忠相（1677—1752），江户时代中期的幕臣、大名。曾任越前守，因而被称为大冈越前守。

座城市，例如位于银座街角的"狮子咖啡馆"便极具巴黎特色，帝国剧场也开始上演西洋歌剧了。让东京这座城陷入西洋风味的幻想之中，这于某些人而言或许是十分有趣的做法。但对于那些视现代日本的西洋式伪文明如森永的西式糕点与女优舞蹈一样无味拙劣的人而言，东京的都市趣味其实正是尚古精神退步的表现。市谷外护城河的填埋无法让我们联想到将来会出现怎样的新景观，却会让我们惋惜与此河共同消失的藕花馥郁。

我从四谷见附走向迂曲的外护城河堤，站在本村町的坡上，眼前的地势渐次低行，沿市谷经牛込远望小石川高台，我一直觉得这是全东京最美的景色之一。市谷八幡的樱花早已落尽，茶之木稻荷的茶树枝叶正茂，护城河沿岸与遥远的牛込小石川高台之间，青翠欲滴的新叶刚刚爬上梢头，初夏的白云轻快地在空中飘动。此情此景，让我不由得想起天明时代以山手地区为中心兴起的江户狂歌之风流。《狂歌才藏集》①夏之卷中写道：

首　夏

马场金垺花，落似萝卜泥。

今朝横云挂，若条条鲤鱼。

新　树

花山纪躬鹿携香，春过满山青叶起。

①《狂歌才藏集》，大田南亩编，天明七年（1787）刊行。

更　衣

地形方丸已入夏，抽棉袄袖尚留春。

江户改称东京后，最初的东京绘图依旧沿用江户绘图的方式，这也为我的晴日木屐散步添了不少乐趣。

我记得父亲在小石川的那所宅子的门牌上，过去是写着第四大区第几小区几町几番地。我出生不久，东京府就被重新划分成如今的十五区六郡。而那以前则是被分为十一个大区。我手持东京绘图，寻找柳北的随笔、芳几①的锦绘以及清亲的《名所绘》中记录下的旧貌时，常常觉得自己正在触摸着明治初年那个混沌的新时代，这让我不胜欣喜。

市内散步时打开此时的东京绘图对照，会发现曾经那些威严高耸的大名②宅邸大都成了海陆军的专用地。下谷佐竹的宅邸成了练兵场，市谷和户塚村尾州侯的藩邸以及小石川水户的官邸如今为陆军所辖。曾经名动一时的那些庭园几乎都被践踏成了荒地。铁炮洲白河乐翁公③宅邸的浴恩园与小石川后乐园曾并列江户名苑之首，可如今却俨然成了海军省军人们聚众饮酒的俱乐部。看完江户绘图，再看东京绘图，我想任谁都会有种翻

---

①落合芳几（1833—1904），活跃于幕府末期至明治时期的浮世绘画师。画姓歌川。画号是一惠斋、一斋、炖菜、朝霞楼、洒落斋、炖菜阿弥等。师从歌川国芳。
②大名，日本古时封建制度对领主的称呼。
③松平定信（1759—1829），江户时代政治家，陆奥国白河藩第三代藩主，隐居后号乐翁。

开法兰西革命史般的感触吧，甚至会陷入一种比之更深的感慨之中。法国市民没有因为政变就肆意损毁诸如凡尔赛宫或是罗浮宫般伟大的国家级美术建筑。我听说现代官僚主义教育中常讲尊孔孟之教，行忠孝仁义之道。但每每经过御茶之水，就会看到高挂"仰高"二字的大成殿正门上，早已砖瓦剥落，杂草丛生，饱受着风吹雨打的折磨。世人既然皆不以为怪，我也就唯有哑然罢了。

第五　寺

我以蝙蝠伞为杖在市内散步。打开曾经的江户区划图就知道过去的江户城中，无论东西南北都建有许多寺院神社。除了诸侯官邸、武家宅邸和神社佛阁外，这座城里几乎没有别的建筑。明治初年神佛分离后，因市区改造而被拆除的佛寺不在少数，如今更是如此。尽管如此，城内的寺院依然无所不在，坡上、崖下、河畔、桥头，随处可见寺门佛堂的屋顶。一座大佛寺的四周往往会有几座连成一排的小寺院，我们称其为"塔中"或"寺中"。有的干脆连町名都称为寺町，例如下谷、浅草、牛込、四谷、芝地等区内就有寺町。闲来无事时，我就会踩着木屐前往寺院较多的街町散步。

上野宽永寺的楼阁早就在兵火中毁于一旦，芝地增上寺的本堂也再三遭受祝融之灾。谷中天王寺中只剩下记录历史痕迹的倾斜五重塔。本所罗汉寺的螺堂也已颓废，只有堂内的五百罗汉有幸被转移，大多数被放在郊外目黑的一座寺院中。如今东京城内堪称美轮美奂，光彩夺目的寺院，就只剩浅草观音堂、音羽护国寺之山门等两三处了。从历史和美术的角度而言，东京市内的寺院当然已经丝毫勾不起吾等之兴致。我既无遍访东京寺院的计划，也不想强求自己寻求那些鲜有人知的寺院。只是路过满是穷苦人家破败小屋的巷子时，偶然发现路旁竖立着一道倾欹的山门，不禁好奇莫非此地原来曾是一座寺院？从门口悄悄地窥探境内，青苔、古池、葱茏的水草花让我感到十分欣喜。这些散落于东京市内各处的寺院虽小，却有别于京都、镰仓等地著名的寺院，倒叫人生出一种别样的兴致来。这种趣味并不单纯源于寺内建筑或其背后的历史故事，而是一种类似于小说的叙景或舞台道具带来的趣味。我时常在本所深川的水边散步，每每看到高涨的潮汐从低矮的河岸涌向路面，货船和肥料船的筥篷竟高过穷苦人家的屋顶，复又突然见到远处巍然耸立的寺院屋顶时，便不由得联想到默阿弥[①]剧中的场景。

　　无论是本所、深川，还是浅草、下谷，在弥漫着泥臭味的沟渠和腐烂的木桥旁，感受肥料船、垃圾船和大杂院形成的阴

①河竹默阿弥（1816—1893），幕府末期至明治初期歌舞伎集大成作家。

惨光景，远眺寺院的屋顶，倾听木鱼钟磬之声的趣味都依旧如昨。如今的我，只是单纯从绘画诗趣的视野来看待贫苦街町的风貌，至于近代的社会问题则全然不在我的思考范围内。东京的贫民窟虽与伦敦、纽约的西洋贫民窟同样弥散着一股悲惨的气息，却又带着一种难以名状的静寂。从深川的小名木川到猿江一带的工厂街，在工厂建筑，一排排烟囱喷向天空的煤烟，以及终日不绝的机械震动中，西洋式毫无保留的悲惨景象已然初步形成。再看其他贫苦街町就会发现，郊外的小巷和大杂院里依然被浓浓的佛教氛围所笼罩，自江户时代起，这里的人们就一直过着相同的阴暗生活。怠惰、不负责任的愚民们正日复一日地过着疲惫、哀戚和忍从的生活。近年来，某些政治家和报社记者为了扩大其党派的势力，甚至纡尊降贵地跑到这些大杂院里卖力宣传人权问题的福音。想必数年后，巷内的法华团扇太鼓与百万遍的念经声将会完全被公共水龙头四周关于人权问题和劳工问题的激昂演说所取代。也不知究竟是幸还是不幸，在尚未完全文明化的今日，大杂院的小巷里依旧还会不时传出巫女的梓弓之歌①，不仅能听到清元小调，还能看到盂兰节的灯笼和迎魂火的虚幻之烟。江户专制时代流传下来的虚幻、寂寞与妥协的精神修养，正在新时代的教育中走向灭亡，呼吸到觉醒与反抗的新空气后，我才深刻体会到下层社会的生活是多么

①梓弓之歌，巫女用梓弓弹奏的呼唤神灵之歌。

028

悲惨。并且我相信，政治家和报社记者定会抓住这难得的机遇满足一己私欲。守护弱者的时代何时才能来临啊？弱者不觉其弱，被浮薄的时代之声所轻易诱惑，无疑是最让人痛心疾首之事了。

我不能因一己私趣而为古寺、荒冢及其附近穷苦人家的贫瘠感到高兴。传承了江户专制时代的迷信与无知的他们一旦了解了生活的外在，就会立即想要将之融入自我精神修养中。实际上，我每次路过下谷、浅草、本所、深川等古寺云集的河边小镇时，总能从所见所闻中获得不少教育和感慨。我绝非质疑日益进步的近代医学成果，也非怀疑电疗、镭射与矿泉之力。只是一想到住在肮脏后街上的人们依旧将自己的生命托付给迷信与煎药，单纯视这个世界为一场毫无希望的梦境时，我就会联想起生活在医学落后时代的那些人们对待病苦灾难时的从容泰然，他们过着简单的生活，却让我油然生出深深的敬慕之情。近代人所推崇的"便利"其实最是无趣。东京的读书人为了方便，也像美国人一般使用起了万年笔，只是不知这又为文学和科学带来了多大的进步呢？电车与自行车又能为东京市民节约多少时间呢？

我喜欢在散步的时候找寻下町的寺院与其附近后巷的踪迹，但绝不会错过山手坡道上的寺院。山手的坡道与半坡寺院屋顶之上的古树组成了一幅精妙绝伦的画卷，再没有比欣赏寺院屋顶更令我感到愉悦之事了。怪异的鬼瓦，奔流般倾斜的寺院瓦顶，无论是仰望还是俯视，都会催生出一种难以言喻的爽快之感。近年来兴建的日本土木工程无一不在模仿欧美各国的建筑形态，而我却觉得，那些建筑无一座能让人感到如仰望寺院屋顶时生出的雄大美感。我们之所以失望于新时代的建筑，并非单纯因为建筑样式的问题，与四周风景树木的不协调也是一个很大的原因。如今人们喜欢以赤色砖瓦搭配浓绿的松杉等，这种画面大概永远无法与日本特有的耀眼碧空达到协调吧。日本拥有着浓烈的自然色彩，但与油漆和砖瓦之色形成对峙的做法实在是无谋至极。无论是寺院的屋顶、屋檐还是回廊，都要与四周的山、河、村、都等风景、树木以及天空的颜色相调和，方能组成最富日本特色的美丽风景。日本的风景是与寺院建筑密不可分的。京都、宇治、奈良、宫岛、日光等地的神社佛阁对风景产生了怎样的影响，这个问题就交给日本旅行家去研究吧。此处只观东京市内尚不足称赞的几处景色。

不忍池上的弁天堂，堂前的石桥，遮蔽上野山的杉树和松树，以及池中盛开的莲花，不正像一幅布景协调的美丽画作吗？置这些草木风景于不顾，大肆建造西洋式建筑和桥梁，站在西式建筑上若无其事地观赏莲花、红鲤和小乌龟，至少我是无法理解这种现代人心理的。浅草观音堂及其境内的古银杏树相映成趣，上野清水堂与春樱秋枫交相辉映，这都是日本传统的植物与建筑和谐成美的代表性景色。

建筑本就是人为创造之物，不论风土气候特色，只管在亚洲的土地上建起一座欧洲的塔，这当然毫无难度，但植物的种植可就不以人的意志为转移了，所以无情的植物远比最伟大的艺术家和哲学家都更加了解自己。日本人若能对国土特色植物给予多一点点热爱，即使一味地模仿西洋文明，也不至于毁损故国风景与建筑到如此境地。为了便于架设电线而随意砍伐路旁的树木，哪怕那些古木承载过名胜风景与历史文化的重责，大肆兴建高大的红砖瓦房，如今这种状态根本就是一种破坏本国特色和传统文明的暴举。若只有这种暴举才能使日本成为20世纪的强国，换言之，就是日本为了成为外观上的强国而牺牲所有尊贵的内在。

走进上野博物馆的大门后，表庆馆旁依旧奇迹般留存下来的古松与两盘红砖建筑组成的画面深深地触动了我，这不正是一处日本传统珍贵古美术宝库吗？每当走在日本桥的大街上看到三井、三越等竞相高耸的美式大楼时，我就会生出一个略有些蠢的念头：若东京市的实业家了解日本桥、骏河町等地名的由来，并对那些历史传说感兴趣，或许就能留住几分从繁华市区远眺日本晴空下富士山的昔日美景。外护城河堤上的幸存的那些松树，依旧雪朝月夕般地随四季变化，这是如今我眼中最美的东京风景。最近，四谷见附内新建的红色耶稣学校让我感到很是厌恶。素日里见多了不协调的市内风景，一旦发现有幸存留的寺院神社，哪怕堂宇粗劣、境内狭窄，也能给我的心带来无限的慰藉。

东京的寺院和神社中最让我感到幽邃的，并非进入境内后仰望本堂之时，而是钻入路旁的小门，站在长长的石坡道上，静静地眺望对面树木和本堂钟楼屋顶前高耸的中门或山门之时。浅草观音堂的雷门已被烧毁，如今只能在寺内商店街的石道上欣赏尚存的二王门。我也可以站在麻布广尾桥头观赏一本道尽头祥云寺的山门，或是从芝大门遥望道路两旁大小寺院的连排瓴甓和朱漆楼门。将这种日本建筑的远景与西洋的巴黎凯旋门等加以比较就会发现，日本的远景显得更为淡薄一些，当然也许夹杂了气候和光线的因素吧。关于这一点，可以从歌川丰春[①]等人所绘的浮世绘远景木版画中充分体会到这种日式情感。

我找了一个适当的角度眺望寺门，接着慢慢靠近，透过敞开的大门观察境内的情形，或是直接走进门内转身看向门外，这些风景让我颇有置身画中的感觉。我曾在拙著《大洼来信》等中提过，站在寺院门口欣赏寺门内外景色的最佳之处当属浅草的二王门及随身门。这一点就不在此处再行赘述了。

寺门和本堂之间一定会预留出适宜的距离，如此一来，走入境内的人在眺望本堂时会自然地生出虔敬之心。寺门宛如西洋管弦乐的序曲，先有表门，次有中门，经过幽邃的境内后，

---

①歌川丰春（1735—1814），江户中期的浮世绘画师，歌川派创始人。

方达本堂。神社也是如此，经过鸟居①、楼门后才能到达本殿。这些建筑物之间都保持着合理的距离，寺院与神社的威严正始于此。若要将寺院的建筑作为一种美术形态进行研究，先要欣赏这些单独的建筑体，接着再观察境内的整体设计及地势。正如贡斯②和米容③等日本美术研究者和旅行家们曾经说过的那样，这正是日本寺院与西洋寺院最大的差异，西洋寺院大都独自屹立路旁，而日本寺院则不然，即使规模再小也一定会设有寺门。芝增上寺的楼门看起来十分气派威严，门前的茂密松林定是功不可没。麴町日枝神社的山门之所以显得格外幽邃，只需看看四周杉树林与门前高高的石阶便可了然。日本的神社和寺院中的建筑物，与境内的地势及树木组成了一种复杂的综合美术体。正因如此，境内只要出现一株枯死的古木，就会给整体的美感带来难以修缮的破坏力。进一步分析可知，在京都和奈良等城市中，应该将城内的所有街道都视为寺社的境内，尽可能令其呈现出若贵重古社寺般的美术效果。换言之，城中的车站、旅馆、官衙、学校等的建筑风格都应以尽量不破坏古社寺的风格和历史为标准，古社寺是一座城的灵魂所在。而近年来，无论

---

① 鸟居，类似牌坊的日本神社附属建筑，代表神城的入口，用于区分神栖息的神城和人类居住的世俗界。
② 路易·贡斯（Louis Gonse，1846—1921），法国艺术史学家、杂志编辑、收藏家，同时是最早研究日本艺术的专家之一，著有《日本艺术》等。
③ 加斯东·米容（Gaston Migeon，1861—1930），生于法国巴黎，世界艺术史学家。曾任罗浮宫中世纪艺术、文艺复兴与现代艺术部门策展人。他率先将浮世绘引进罗浮宫。著有《在日本：艺术圣地的朝圣之旅》等。

是京都的道路、房屋还是桥梁改造，实是无一不出吾人之意表。即便如今日本国库空虚，也应竭力保存京都、奈良两座旧都。可以另寻他处开拓新领土，以弥补这一损失，这于整个日本的工商业而言也并无太大损失。为了眼前的蝇头小利而急切地肆意糟蹋世上唯一的本国珍宝，这是何等可笑的小国愚民行径。不觉间竟如愚痴之人般唠叨了诸多闲事，世事本无常，任它随风去，我又何必为着这些无谓之事一味絮聒，惹人厌烦呢，还是继续独自一人穿着晴日木屐默默走街串巷为好。

第六　水　附渡船

我曾在随笔《大洼来信》中说过法国人埃米尔·马涅① 所著《都市美论》之奥妙。书中有一章论及城市的水域之美，里面提及世界各国的城市与河流江湾之间的审美关系，并进一步就运河、沼泽、喷水、桥梁等细节加以说明。不仅如此，还一并阐述了水中倒影之街市灯火美。

不妨试想一下东京街市与水流之间的审美关系。自江户时代以来，城中的江河之水一直是维持东京美观的至宝。在陆路运输不便的江户时代，天然之河隅田川及与其相通的几条运河，足

---

①埃米尔·马涅（Émile Magne，1877—1953），法国作家、批评家、文学与艺术史学家。

可称是江户商业之魂了，江户的水域不仅为城中百姓带来四季之乐，也不时催生出一些不朽的诗歌绘画。而如今的东京河流，除了运输之用，再也找不到丝毫传统的审美价值了。且不论隅田川，单就神田御茶之水、本所的竖川等城内诸河，也已无法承载古人般乘坐猪牙船，自船宿栈桥沿山谷至柳岛，遍赏深川美景的风流，更不可能给予我们垂钓撒网之乐。今日的隅田川，既无法令人生出若置身于巴黎塞纳河畔时体会到的美感，也无法让我们想象到若纽约的哈德逊或伦敦的泰晤士般的伟大富国壮观。东京市内的河流江湾以及品川的入海口，都与美观、壮观或是繁华无一丝关系，无论从哪个角度来看都是贫乏至极的景色而已。即便如此，东京城内散步的人依旧还是偏爱有水流、行船或桥梁之处。

东京的水域可以分为几个大类：第一类是品川的海湾；第二类是隅田川、中川、六乡川等天然河流；第三类是小石川的江户川、神田的神田川、王子的音无川等细流；第四类是通往本所、深川、日本桥、京桥、下谷、浅草等市区繁华街道的纯运河；第五类是芝地的樱川、根津的蓝染川、麻布的古川、下谷的忍川等有着美丽动听名字的沟渠或下水道；第六类是江户城外一圈又一圈的护城河；第七类是不忍池①、角筈十二社②等池沼。至于水井，江户时代就有三宅坂旁的樱之井、清水谷的柳之井、汤岛

---

①不忍池，位于东京都台东区上野恩赐公园的一个天然池沼。
②角筈十二社，据称为应永（1394—1428）年间铃木九郎自故乡熊野三山请回十二社菩萨化身后形成，社内有一大池子。

天神的御福之井等众多古井，皆为著名的江户古迹，只是改名东京后，几乎被世人所遗忘，就连所在之地都鲜有人知晓了。

　　东京城内不仅汇集了海湾、河流、护城河与沟渠，仔细观察还可发现这几种水中既有流水，也有沉淀不动的死水，不得不说这真是一座变化万千的城市啊。品川的入海口正在大兴建港工程，倘若不停地持续下去，真是难以想象将来会变成何种光景。我们看惯了除驶向房州的蒸汽轮船与圆形达摩船①前的拖船外，便与繁华的东京再无任何关系的品川泥海。涨潮时是一片无边无际的泥泞之海，岸边满是旧木屐、稻草炭包和盘碗碎片，无数的海蛆在海滩上缓缓蠕动。时常有人提着小桶，在这片阴沟般的沼泽地上不断翻找沙蚕。遥远的海面上漂浮着一些航标和养殖架，从岸上看去则是形同尘芥。只有泛舟其间的牡蛎船和割取紫菜的小船，如今还能为那些追忆江户之昔的人们聊添些许风趣。于现代首府而言既不实用又无装饰价值的品川湾之景，还有八之山洋面上同样无用的御台场，皆如惨遭遗弃的遗物，弥散着悲凉之韵。就连晴空万里下白帆与浮云齐现的安房国与上总国境内群山的山影，也早已无法再让现代都市人生出如品味花川户助六②的台词时的爽快之情了。品川湾之趣，虽因时势变化而湮灭，但新风景之趣却也尚未形成。

①达摩船，短而宽的木制船。
②花川户助六，歌舞伎十八番之《助六由缘江户樱》中的主人公。

芝浦月夜、高轮二十六夜待①早已成为历史。承载着南品风流的楼台，如今也成了不洁的娼馆。明治二十七、二十八年，江见水荫子②还曾以此地娼妓为题材创作出小说《泥水清水》，一度被称为砚友社③文坛杰作。但如今回想，竟也开始觉得书中所写的是一个遥远的故事。

就在品川之景惨遭遗弃的时代，被货船的桅杆和工厂的烟囱挤得满满当当的大口川之景，散发着一种如西洋漫画般的趣味，或许能在一个较长的时期内得到某一派诗人的欢心。木下杢太郎、北原白秋④等诸家在某一时期内的诗篇中，就曾多次出现因筑地旧居至月岛永代桥一带的生活及风景而生出的感触。将石川岛工厂甩在身后的几艘日式货船和西洋式帆船，樯橹相连着或是继续航行，或是停靠岸边，这一景色总能让人不由生出一番诗情。每每经过永代桥，河口处的繁华之景总会让我联想起都德⑤的那篇读之令人惋惜的小说《尼维尔内来的美女》中生活在塞纳河上航运货船里的人们。如今，即使站在永代桥上，

---

①二十六夜待，据《绘本江户风俗往来》，农历七月二十六日的月亮所发出的光芒会在瞬间分成三束，后又合为一体。其间出现三尊弥陀，为阿弥陀佛、观音和大势至菩萨。人们为此举办宴席，在等待月亮升起时喝酒唱歌。此习俗在品川和高轮一带的海边高地特别有名。

②江见水荫（1869—1934），生于冈山县冈山市，日本小说家、翻译家、出版人、冒险家。

③砚友社，日本近代文学流派。1885年由尾崎红叶、山田美妙、石桥思案、丸冈九华、江见水荫等发起组织的文学团体。尾崎红叶为其领导者和核心人物。同年五月发行社刊《我乐多文库》。

④北原白秋（1885—1942），日本诗人、歌人、童谣作家。代表作有诗集《记忆》、歌集《云母集》等。

⑤阿尔丰斯·都德（Alphonse Daudet, 1840—1897），法国十九世纪现实主义作家。代表作有《最后一课》《柏林之围》等。

也已无一物可以让我联想起昔日的辰已园①。所以我不觉得新的永代铁桥丑陋如吾妻桥和两国桥，因为新铁桥与新的河口风景倒也算得上协调。

我十五六岁的时候，永代桥河下总是停着一艘商船学校的实习船，是一条腐朽殆尽的旧幕府军舰。那时的我常和同学一起在浅草桥的船宿租上一条小船，绕行此处后去观赏停在河中的帆船。那个看起来有些可怕的船长曾经送了许多椰子给我们，他说自己曾经驾驶那只小小的帆船一直航行至遥远的南洋，这个如《鲁滨孙漂流记》一般的神奇经历让我们顿时心潮澎湃，在每个人的心中都埋下了一颗誓当勇敢航海家的种子。

还有一次，我们几人在筑地的船宿租了一条四橹小船，一路划向遥远的千住。返程路过佃岛前时正好赶上退潮，小船突然与一艘高扬着船帆驶来的大型高濑船②相撞，所幸无人受伤。即便如此，船舷上还是被撞出了一些小洞，桨也断了一支。那时我们的家教都很严，游船也是瞒着家里偷偷出来。所以我们都很担心，万一船宿老板发现船身破损，向我们索要赔偿金可怎么办？烦恼的我们便先将船拖到佃岛的沙滩上，一边舀出船里的积水，一边商讨万全之策。后来我们决定，夜幕降临后再把船划回宿栈桥，在老板发现船舷破洞之前迅速逃离。打定主

---

①辰已园，位于江户城东南深川游里（同"游廓"，花街柳巷）的别称。
②高濑船，近代早期开始广泛使用的木船，是日本河船的代表。依靠船帆或人、马拖拽航行，用于河流、浅海运输货物和乘客。

意后，我们划着小船，忍着腹中饥饿缩在滨御殿的石壁下，待天色完全黑暗后，便划船回宿栈桥，然后所有人立刻夺过寄存在店里的背包，头也不回地一路狂奔，直到银座大街上才停下脚步。那时的东京府立中学位于筑地，附近的船宿不仅出租钓船，也有游船可供选择。可今日沿着筑地河岸散步时，我甚至已经找不到当年那座船宿的具体位置了。短短二十年，少年时代的记忆竟一如狂风扫过，不留任何踪迹。东京城内的变化可真称得上翻天覆地了。

大川河风景中最有韵味的当属前文所说的永代桥河口远景了。吾妻桥、两国桥等处如今已是一片凌乱之貌，不似永代桥那般景致优美协调。类似的例子也有不少，例如浅野水泥公司的工厂和新大桥对面古老的火警瞭望台，浅草藏前的电灯公司和驹形堂，国技馆和回向院，以及桥场的煤气站和真崎稻荷的古树，等等，每一处近代化工业与悲凉江户名胜遗迹的不和谐景色，都会让我感到思想错乱。比起过去的颓废与如今的进步两种景色交杂在一起的大川河，我反而更喜欢深川、小名木川与猿江后部一带的景色，如今已完全被现代工厂所替代，曾经的江户名胜遗迹几乎已经消失。大川河的千住——两国流域正在缓慢遭受工业的侵略。本所小梅——押上流域亦不能幸免，但若将此处视为一个新的工厂町，柳岛的妙见堂和桥本料理店反而就显得有些碍眼了。

运河的远景不仅限于深川的小名木川地区，无论哪一处的景致带来的感触都远胜于隅田川两岸。例如站在箱崎町的永久桥或菖蒲河岸的女桥上，眺望中洲与箱崎町尽头之间的那条深邃沟渠，就能看到流水湍急若入江之貌，货船无数呈村落之观，薄暮风止之时，袅袅炊烟升起，好一道江南泽国之风貌。凡沟渠运河之远景，最富变化与活力之处莫过于诸如四方细流汇于沟渠的中州之水，或是长长的护城河十字交汇的深川之扇桥等地。本所柳原的新辻桥、京桥八丁堀的白鱼桥、灵岸岛的灵岸桥等地，远望其沟壑水的分合之处，诸桥相连，诸流相激，总是惹得来往船只撞在一起。我背对日本桥，站在江户桥上远眺这片菱形的宽阔水面，一侧是与荒布桥相连的思案桥，一侧是铠桥，这与两岸的商铺、仓库、街面、桥头的繁华杂沓交相辉映，组成了东京最伟大、最壮观的护城河风光。尤其是如流水般穿梭于桥上的汽车射出的灯光，若岁暮夜景般地融入两岸的灯火间，倒映在水中的光亮粼粼摇曳，远比银座的街市更加耀眼迷人。

护城河畔，码头遍布。看到码头时，我总会拄杖稍事停留，欣赏这一东京生活中有趣的场景。若在盛夏时节途经神田的镰仓河岸、牛込码头河岸等地，便能看到筋疲力尽的马匹和车夫都躺在河畔的大柳树下小憩的场景。堆放沙砾、瓦片和河泥的阴凉处，定会支起几个小摊，摊贩会向过往的行人兜售牛肉饭和面片汤，偶尔也会出现几个卖冷饮的摊子。车夫的妻子也是一身男人打扮，正跟在丈夫后面用力推着货车，他们的孩子被如弃婴般扔在沙地上。旁边有一只已经吃完散落稻谷的瘦鸡，此刻仰着头等待即将掉落的马粪。眼前的景色让我联想起北斋或米勒，也激发了我急切想要描绘一幅写实画的欲望，随即便开始悲叹自己不善绘画的现实。

除了上述的河流和运河外，欲寻东京水流之美，市内各处下水道汇聚成河流般的沟川之景也不可忽视。东京的沟川总是有着与实景极不相符的美丽名字，听起来十分可笑。例如，流经芝爱宕下青松寺前的下水道一直都被称为"樱川"，神田锻冶町的下水道名为"逢初川"，虽然如今已经被完全填埋，桥场总泉寺后流入真崎的沟川名为"思川"，小石川金刚寺坡下的下水道得名"人参川"等。或许是因为江户时代下，这些沟川中也有一部分曾经流经寺院门前或大名宅邸的围墙外等名胜之地，所以当地人便通过命名寄托自己特殊的情感吧。而如今的东京市内，若再将下水道称为"川"，那可真就是滑天下之大稽了。这些名不副实的情形不独有下水道，譬如因江户时代前的传说而得名的东京市内地名中，地势稍低若千仞幽谷者，有地狱谷（位于麴町）、千日谷（位于四谷鲛桥）、我善坊谷（位于麻布）等。地势稍高若峨峨之山岳者，有爱宕山、道灌山、待乳山等。无岛之地也可得名如：柳岛、三河岛、向岛等。森林尽失之地也依旧保留着乌森、鹭之森等地名。第一次来到东京的外地人，常因走错换乘地或在城中迷路而气愤不已，或许还会觉得这种虚假的命名方式都是源于首都的歪风邪气吧。

　　沟川本就不过是下水道而已。《紫之一本》[①]一书就曾描写过芝地宇田川[②]："溜池屋铺的下水道中流出的水，从爱宕下的增上寺后门落入此处。爱宕之下，每间房屋下水道中流出的水尽皆汇聚于此，站在隅田川桥上远望之，颇有河川上游之。"自古以来，江户城内就有不少由下水道之水汇聚而成的河川。下水道之水落下，汇聚成的小河，沿着道路，绕过坡麓，渐变宽广，汇入河流或海洋时，甚至可供传马船[③]通行。麻布的古川经过芝山内后，改名为赤羽川，此川绕山内树木与高耸着五重塔的山麓而行，不仅便于舟楫通行，红叶时节更是如同置身于四条派[④]绘画之中。王子的音无川滋润着三河岛的田野，最终流入山谷护城河，泛舟于碧波之上不甚美哉。

　　下水道与沟川，与其上的脏污木桥、一旁倒塌的寺院外墙、干枯的树篱以及四周的瓮牖绳枢一同，形成了一幅忧郁的后巷光景。譬如小石川柳町的涓涓细流，譬如本乡本妙寺坡下的沟川，譬如由团子坂下流往根津的蓝染川，这些沟川流经的那些后巷，每逢大雨倾盆之时必定雨潦泛滥。沟川与贫民窟组成的

①江户前期歌人户田茂睡（1629—1706）所著江户名胜记。
②作者原文为宇田川，经查东京市内并无此河，推测应为隅田川的笔误。——译者注
③传马船，在主船和岸边来往运送货物或人员的小船。
④四条派，江户后期画家松村月溪（1752—1811）开创的画派。

光景中，最为悲惨的当数由麻布古川桥流入三之桥方向的河流了。这附近的几町都被以白铁皮片或腐朽木板为屋顶的小屋所占据，巷子两端污水四下蔓延，倾斜的屋檐相对而立。春秋之时，天气骤变，每每突降大雨，芝地和麻布的高台便会落下如瀑布般的污水，让两岸瞬时如洪水泛滥，先是漫过棚屋里腐朽的地基，接着就是破烂的榻榻米。雨过天晴时，沾满了积水的家具、被褥等众多脏污褴褛之物，就会挂满两岸的屋顶与窗台，远望若无数旗幡。皮肤黝黑的裸体男人，系着污浊腰带的女人，就连背着孩子的母亲都连忙拿出笊篱、竹筐和水桶等物，在浊流中争相捕捞着从富贵人家的鱼池中逃离的漏网之鱼。雨过天晴后，借着耀眼的阳光站在桥上欣赏那片忙乱抢夺的景象，偶尔竟也能从中体会到一种壮观之感。有时这种壮观，就如整齐划一的军队或是舞台上的大名行列一般，单独看来平凡至极，一旦集合成团，便立刻生出一种出乎意料的美丽和威严。自古川桥眺望大雨过后的贫家光景便是如此。

江户城外的护城河历来有"水美之冠"的美名。叙述之笔远不及绘画之技足以勾勒其美。因此，我便只说几个诸如代官町之莲池御门、三宅坂下之樱田御门、九段坂下之牛渊等古来为人称赞的地名罢了。

关于池沼，不忍池之胜景历来是口口相传，自然无须赘笔。每年秋天，我自竹台画展回来时，总会在向冈的夕阳败荷的池旁拄杖停留，这种天然的画境远比俗气的画展更能吸引我的目光。能够脱离对现代美术的品评而恍惚于自然画趣之中，对我而言就是无上的平和幸福。

不忍池是如今东京市内最后的池沼了。曾是江户名胜的镜池、姥池，早已无从寻觅。浅草寺境内的弁天山池已经成了町家，赤坂之溜池也已被填埋。长此以往，恐怕不忍池不久也将面对同样的命运。老树苍郁、草木葱茏的山王胜地，正因其山麓上有溜池映其翠绿，才能拥有完整的山水之妙趣。若从上野山夺去不忍池之水，无异于斩断双臂之人偶。都市日益繁华，本当更加竭力维护因自然地势而生的风景之美。自然风景能为一座城带来金钱无法铸造的威严和品格。无论是巴黎还是伦敦，都找不到如东京般宽阔幽香的荷花池。

最后我想简单说说在都市之水的渡船。随着东京城区不断翻新，想必渡船不久后就会因桥梁的大肆兴建而销声匿迹。回望江户时代，始建于元禄九年的永代桥，以及被称作"大渡"的大川口渡口，如今只能在《江户惣鹿子大全》①和《江户爵》②等古书中看到了。不仅如此，御厩河岸的"铠渡"等东京市内各处渡口，也已随着明治初年桥梁工程的竣工而日渐荒废绝迹，如今只能借浮世绘以窥当年之景了。

---

① 《江户惣鹿子大全》，江户时期藤田利兵卫所著的江户地方志，共六卷。1867年刊行。
② 《江户爵》，山崎景色一贯彻所著，共三卷。戏绘江户名所五十余处，并附有狂歌。

不过，东京城内的渡口还未悉数消失。两国桥两岸尚有上游的富士见渡口和下游的安宅渡口。月岛填埋结束后，筑地的海岸也建起了一个新的货船渡口。向岛有著名的竹屋渡口，桥场有桥场渡口。本所的竖川和深川的小名木河边，也尚存着几处以脚踏船渡客的小渡口。

正如铁道的便利，将由"羁旅"而生的纯朴悲哀诗情从近世人的感情中夺走一般，不久以后，桥梁也将把"渡船"这一古朴而温和的情趣从近代都市中摒除。放眼今日世界之都市，不就只剩下日本的东京仍保存着渡船这一古雅之趣了吗？美国虽有足以装载火车的大型轮渡，却没有竹屋渡口上那些在河水的洗涤中浮现出美丽纹路的木船、橡木橹和借竹棹之力前行的如画般渡船。我并非因向岛的三围和白髭等地的新桥梁而感到哀伤。我只是希望隅田川与其他河川上的渡船能得以保留，正如无论两国桥是否存在，上下游的渡口从未消失过一样。

喜欢在过桥时凭栏欣赏潺潺流水之人，下桥后也更能体会到坐在渡船上，与水面鸥鸟一同随波摇曳的愉悦。都市的大道上虽有便利的桥梁以供汽车自由奔驰，但站在岸边等待渡船的心境，大概就如同舍弃易于行走的柏油大道，特意穿行于后街小巷时的那种情趣吧。渡船不比汽车或电车般为东京市民的公共交通带来诸多便利，却会让背着沉重的行李步行已久，不求速达的人们得到充分的休憩，也让我们这些闲散人等得以欣慰重温近代生活中无法体会到的感官之悦。

　　木制渡船与年老的船夫于如今或是未来的东京而言都是最为尊贵的古董之一。如同古树、寺院和城墙般，都是值得被永久保存的都市瑰宝。与私人住宅一样，城市也需时常改建以适应当代人的生活方式。但就如我们拜访他人时，看到主人客厅的壁龛中挂着家传的书画，就会顿时对主人充满敬意，觉得他定是一个学识广博之人。都市也应沉稳，才能极力保留古迹，以提升整体品位。由此可见，我们不可从一个褊狭的退步角度来讨论渡船此物。

第七　小巷

　　比较完铁桥和渡船，我又想就美丽的大街与隐藏其间的小巷之趣做一个比较。模仿西式店铺林立的大街，与往来电车飞驰的铁桥颇有几分相似。而隐藏在阴暗之处的小巷则恰如渡船般散发着凄凉的气息。式亭三马[①]的戏作《浮世床》中，就以歌川国直[②]的小巷图作为插画。歌川丰国[③]在他的绘本《时势妆》

---

①式亭三马（1766—1832），日本江户时代古典文学中"滑稽本"的代表作家。本姓菊地，名泰辅，亦写作太助。19世纪初开始创作滑稽小说，代表作有《浮世澡堂》《浮世理发馆》等。
②歌川国直（1793—1854），江户时代浮世绘画师，歌川丰国的弟子。
③歌川丰国（1798—1861），江户时代浮世绘画师。本名仓桥熊吉，为歌川派创始人歌川丰春的弟子。其名后被弟子歌川丰重、歌川国贞所袭承。擅长描绘歌舞伎演员和美人图。

中，描绘出那个年代（享和二年）上自贵族下至贫民的女子生活风貌，其中就有对小巷之景的勾勒。正如所有浮世绘中描绘的那样，小巷自古以来便是平民大众的栖息之处，这一点从未改变。这里隐藏着种种阳光大道上难以见到的生活画面。既有独居的无常，也有隐栖的平和，更有因失败、挫折和穷迫而滋生的怠惰和无责之乐境。既有新婚宴尔的甜蜜，也有赌上性命的私通。小巷虽狭短，但其中的无穷的情趣与变化大概足以写成一部长篇小说了吧。

如今东京的大街，除了银座与日本桥之间的区域外，广小路、浅草的驹形大街等地也被西洋式的建筑所充斥，涂漆的招牌和孱弱的行道树，肆意安放的电线杆，胡乱交缠的电线。江户早已失去了原有的静寂齐整之美感，却又尚未成为具有音律跃动之美的西洋都市。而对于这种既非和式又非洋式的城市而言，若无风、雨、雪、月或夕阳等自然景色之力，是绝不能让人生出艺术之兴的。只会让人感到不快与厌恶的大路，是促使我对隐藏其间的小巷光景产生兴趣的最主要原因。

说起巷子，有些宽得就像可容人力车穿梭的街道，有些又如仓库或是民居的过道，窄得只容一人勉强通过。当然，巷子的模样主要是由居住在其间的百姓的阶级、职业所决定。日本桥畔的木原店里，每家每户都挂着食肆的灯笼，所以那条巷子自古以来就被称为"食伤新道"。吾妻桥①前的东桥亭寄席拐角处一直到花川户小巷之间，都曾是传统艺人、芝居者②和游艺③师匠的聚集之处，由此便可大致推量出猿若町④新道昔日的光景。夜市云集的八丁堀和北岛町的小巷中，讲释⑤与女义太夫⑥的专场相对而立，一到夜里，传召艺伎的拍手声和扇子的敲击声如互相应和般地此起彼伏。沿着两国广小路的石板巷一路往前走，路旁满是杂货铺、手袋店和煎饼屋等小店，每日里人山人海，热闹非凡，就像一条露天的劝业场走廊。横山町旁的小巷拥有一条美丽的石板路，两侧皆是一整排的长门烟杆店、手袋店以及制作毛笔的批发商店，大概小巷里也有仓库吧。允许艺伎活动的小巷自然是充满了风情的气息。诸多风情小巷中，我觉得新桥、柳桥虽好，却不及新富座后巷拐角及护城河一带的夜景和芝居小屋⑦背后的风景有韵味。葭町⑧的艺伎之家大概是诸多小巷中最长最复杂，看起来最像迷宫的巷子了。巷内既有仓库改造的当铺，也有贤人隐士之宅邸。我在拙作小说《隅田川》中曾对一处小巷风景做过描写，那便是我在葭町的真实见闻。

---

①吾妻桥，东京地名，位于东京都墨田区西部。
②芝居者，在剧院尤其是歌舞伎剧院工作的人的总称。
③游艺，与娱乐相关的艺术，包括谣、歌舞、茶道、插花、琴、三味线、落语等。
④猿若町，位于现浅草境内，曾以戏剧聚集地著名。
⑤讲释，江户时代以增加注释提升故事趣味的方式面向民众讲解《太平记》等战争小说、中国战记、传记、爱情小说等的曲艺形式。明治时代后发展为"讲谈"。
⑥女义太夫，净琉璃的流派之一，贞享（1684—1688）年间由竹本义夫所创。
⑦芝居小屋，表演戏剧的建筑。
⑧葭町，位于东京日本桥地区。

小巷的风光之所以能如此吸引我，主要是源于一种譬如欣赏西洋铜版画或我国浮世绘时能体会到的一种艺术情感，或许可以称之为平民画趣吧。站在巷子里环顾四周，两侧紧挨着的房檐遮挡住了大部分阳光，让小巷显得阴暗潮湿，眺望远方，只能看到和小巷一般宽的大路风景，却显得那么明亮繁华。特别是阳光灿烂的日子里，马路对面的柳枝和广告旗帜在风中轻轻摇曳，匆匆的路人时隐时现的景象，总能让我联想起灯火通明的戏剧舞台。入夜后，站在漆黑一片的巷子里欣赏大街上的灯火，更有一番别样心境。河畔的巷子都装有防护栏，从路口不仅能看到岸边的大路，还能欣赏到大桥的栏杆和货船上的风帆，此情此景是何等美妙啊。

再精密的东京地图也不会特意标记出小巷。仅仅路过一两次是不会知道小巷的入口、出口或是何处是死胡同的，只有巷中百姓才能明白。巷子的名称大多是自江户时代传承而来的，譬如中桥的狩野巷①之类颇有历史渊源的地名就不在少数。可惜的是，这种地名大都只在久居于此的百姓间流传，大概没有一个会被东京市官方认可且正式使用吧。从这个意义上说，小巷其实只存在于百姓的心中，并被他们所理解。正如猫狗在颓垣败壁之间穿梭，每个种族都在创造着仅属于自己的通道一样，

---

①狩野巷，宽永（1624—1644）年间，江户幕府赏赐了画师狩野安信一套位于中桥的房屋，该巷子因此而得名。后来著名画师歌川广重也居于此处。

没有资格对着大街敞开家门的穷苦百姓们也只有在大街之间的狭窄空间中，创造着自己赖以生存的小巷。政府不会公然征用小巷。这是一块无论样貌、性质还是品格都完全不同于城市的特殊空间。在这里，没有午睡时因贵族马车、富豪汽车的巨大响声而被惊醒的烦恼，每至夏夜，还可自由地光着膀子在格子门外纳凉。寒冬之夜，躲在温暖的被炉中聆听邻家传来的三味线美妙琴音。无须报纸，市井传闻尽可从巷子里那些碎嘴妇人处详细了解。哮喘的隐者无须咳嗽就足够在夜间防贼了。一条小巷，就是一个小说世界，深刻的滑稽情趣隐藏于难言的悲哀之中。但存在于这个世界里的低俗，又与构成这个世界的格子门、阴沟盖板、晒物台、栅栏门和防护栏等十分协调。从这一点来看，不得不说巷子就犹如一个在艺术层面上达到浑然协调的世界。

第八　闲地

除了前章所述的巷子外，东京市内还有一处能引发我相同兴趣的地方，那便是闲地。在繁华的街道间生长着葫芦花、旋花、鸭跖草和车前草等杂草的空地，便是闲地。

闲地本就是偶然出现的，除了土地贩子外，没人知晓什么地方会有怎样的闲地，只有路过时才能看到实际的景色。不过我们无须特意寻找闲地，因为闲地无处不在。人迹罕至，杂草丛生的闲地，只要稍加平整就可用于兴建土木，而邻家的房子被拆除，或因火灾被烧毁后就会成为闲地。经过大雨洗礼后的闲地会成为野草疯长的荒原，处处野花盛开，空中有蝴蝶和蜻蜓飞舞，草地里有蝈蝈儿欢快跳跃。栏杆形同虚设，行人的木屐在这里踩出一条条小道，纵横交错。白天的闲地是孩子们的游乐场所，一到夜里则成了男女幽会之处。有些闲地还会在夏夜成为年轻人的业余相扑赛场。

东京市内繁华街道的仓库与仓库之间，或是货船港口附近的闲地在沧海桑田的变化中至今维持着原样，一般都是染料坊的晾晒场或是制作扎头绳的纺线场。这些景象总让我联想起北斋的画题。某次我前往著名的黄檗宗①禅寺——芝白金②瑞圣寺③的途中，在山门前的闲地上看到一个男人在不停地摇动扎头绳的纺车。此情此景，与荒凉的寺院山门以及四周的简陋破旧的小屋相映衬，倒让我想起了一个故事。俳人其角在茅场町药师堂旁草庵后蓼花抽穗的闲地上见到一个名为文七的人在纺织，纺车的吱呀声与白日的蝉鸣声交相呼应，让他感到甚是愉悦。

---

①黄檗宗，清顺治年间，福建福清黄檗寺高僧隐元禅师东渡日本，后创建黄檗宗万福寺，成为日本佛教黄檗宗的开山鼻祖。
②白金，东京地名，位于现港区的白金区。
③瑞圣寺，江户最早的黄檗宗禅寺。1610年始建，1611年完工。曾两次毁于火灾，在文化年间（1804—1818）重建。寺内大雄宝殿是日本国家级文化遗产。

文七莫踩踏，庭中有蜗牛，

纺车吱呀响，虫儿悲凉鸣，

大弦日下晒，大雁立上头。

这则风流故事也被晋子写入了我很喜欢的俳文集《类柑子》的《中北之窗》一章中。

在我上中学之前，东京市内随处可见宽阔的闲地。人人都说神田三崎町的训练场遗址曾是骇人的杀头和绞刑场，所以无人敢从那里经过。小石川富坂的一侧是炮兵工厂的防火地带。绿荫如盖的凹地上流淌着如小河般美丽的沟渠。下谷的佐竹原和芝地的萨摩原等地的旧诸侯宅邸遗址，如今虽已被完全拆除，但依旧保留着原名。

银座大街上的铁道马车①从不停歇，数寄屋桥②经幸桥到虎之门③的这段外护城河上依然石垣耸立的那个年代，日比谷公园还是一片一望无际的闲地。冬枯的杂草在夕阳的照耀下竟有了一种武藏野的感觉。虽说如今大名小路的遗址——丸之内的三菱原一带已经被铺着红砖的办公大楼所占据，但闲地依旧无处

---

①铁道马车，用双马拉着有铁轮的车厢在铁轨上行驶的车辆，最早流行于欧美。日本于明治十五年（1882）开通新桥至日本桥之间的马车铁道，风靡一时。马车铁道在1903年改名为东京电力铁道，开始线路的电气化。
②数寄屋桥，位于东京都中央区西侧外护城河上，因菊田一夫的《请问芳名》闻名，后因建造高速公路被拆除。
③虎之门，位于东京都港区北部。地名源自江户城虎门。

不在。越过锻冶桥①，进入丸之内后，我总喜欢看看东京府厅前的大片闲地。因为茂密的杂草丛中散落着几个池沼大小的水坑，橙黄色的夕阳倒映在水中，与天光云影齐摇荡。这片被莫名搁置的荒地，让我想起了过去曾见过几次的中国南部殖民地后巷，以及美国西海岸的那些新城镇。

樱田见附外的兵营遗迹一直都是一块闲地。途经参谋本部下方的外护城河时，遥望闲地的缓坡，可以看到坡顶的杂草和常春藤中隐藏着一面坍塌的石垣。石头的颜色和堆砌方式都让我不由自主地联想起昔日的大名宅邸②。看着霞关③坡道对面仅存的一两幢荒废砖瓦平房，我就想起官名"御老中④""御奉行⑤"被"新参议⑥""开拓使⑦"所取代的明治初年，心中不由涌起一阵淡淡的寂寥之情。

明治十八年前后，小林清亲翁将自己创作的新东京风景水彩画翻刻成木版画，取名为《东京名所图》，其中有一个从远方树林正面眺望这座兵营的画面，名为《外樱田远景》⑧。当时的东

①锻冶桥，东京都地名。
②大名宅邸，江户时代给予谒见将军并在幕府供职的大名的江户宅地。
③霞关，位于东京都千代田区，行政机关集中地。
④老中，江户幕府官职之一。辅佐将军，总理全部政务的最高官员。
⑤奉行，存在于平安时代至江户时代期间的一种官职或军职。平安时代是担任司掌宫廷仪式的临时性役，镰仓幕府成立以后逐渐成为掌理政务的常设职位。
⑥参议，日本明治初期位于右大臣之下的官职。
⑦开拓使，日本实施北海道开发及行政事务的政府机构，从事西洋农业引进，煤矿开采等。设立于明治二年（1869年），废除于明治十五年（1882年）。
⑧小林清亲所画的《东京名所图》之一，原使用大开本纸张，后由其弟子井上安治将同样的画作制成四分之一大小的明信片版本。此处展示的画为井上安治的版本。

京市民对新皇城大门外的这座西洋建筑是何等好奇与崇拜呢？略带稚气的新画风，与古朴的木板印刷的完美结合，将这种情绪生动地描绘了出来。在表现时代情感方面，小林翁的风景版画绝对称得上价值连城的美术作品。去年，木下杢太郎①先生在第二期《艺术》期刊中稍微提及了对小林翁风景版画的新研究成果。木下先生正在采访小林翁的生平经历，希望能对他的艺术作品展开进一步的研究。

小林翁的东京风景画与古河默阿弥的世相狂言②《笔屋幸兵卫》《明石岛藏》等，都是还原明治初年东京城内景象的绝佳资料。回顾维新时代到颁布宪法的明治二十年之间，东京市区的风景、风俗、人情、流行的变化等所有的一切，都让今人回味悠长。所以我才会穿着晴日木屐，略带滑稽地在江户遗迹之间信步闲走，正是为了追忆明治初年的东京景象。但是，小林翁版画中描绘的新东京，仅仅过了二三十年，就随着逐渐形成的第二个新东京而销声匿迹了。明治六年，拆除了倾斜的城郭后，以石材建造的那座眼镜桥，和形状相同的浅草桥一道，都被铁桥所替代。大川端的元柳桥与岸边的柳树都已经消失不见了，百本杭③也被改造成了无趣的石墙。今日的东京市内，大概只有

---

①木下杢太郎（1885—1945），皮肤科学者、诗人、剧作家、翻译家、美术史研究者。本名太田正雄，毕业于东京大学医部，曾赴法留学。代表作诗集《遣兴之歌》、剧本《南蛮寺门前》等。
②世相狂言，以现代世态人情为背景，取材于当代生活的歌舞伎剧本。
③百本杭，指许多根木桩。"本"在日语中有量词"根"的意思，"杭"则是"木桩"的意思。

虎门处残留的旧工学寮砖瓦楼、九段坂上的灯明台，以及日本银行前的常盘桥等几处建筑尚还保留着小林翁的《东京名所图》中描绘的光景吧。官衙建筑物中，保持着明治初年景象的也是寥寥无几，大概只剩下樱田外的参谋本部、神田桥内的印刷局和江户桥边的驿递局等几处了吧。

不知不觉间，话题竟有些偏离闲地了。

不过，闲地与古城的追忆倒也并非毫无关系。芝赤羽根的海军兵工厂遗址，如今成了几万坪之宽的闲地。著名的有马侯旧宅，也就是如今位于蛎壳町①的水天宫②，本来就是在这座宅子里的。一立斋广重在《东京名胜》中的赤羽根图中描绘了柳树成荫的寂寥赤羽根川沿岸，大名宅第贝联珠贯的壮阔景象。屋顶上有几面闪闪发亮的旗帜，那是人们敬奉给水天宫之物。图中的深灰砖墙与朱漆殿门，直至去年春天都还保留着半边崩塌的景象。而到了今年却随着内部兵工厂砖墙的拆除同时消失了。

这段时间，也就是今年的五月。我的朋友久米君突然提醒我，那个著名的"猫骚动③"古冢至今仍然可以在有马旧宅内看到，并邀请我一起去看看。于是我从庆应义塾④回来的路上，穿着晴日木屐与久米君一起走进了这块闲地。自从兵工厂被拆除

①蛎壳町，位于东京都中央区，以粮食交易著名。
②水天宫，福冈水天宫的东京分神社。保佑平安生产和免受水灾。
③一只丧家之猫用残酷的手段为主人报仇的故事。
④庆应义塾，即如今的庆应义塾大学。

后，这片闲地就被来往的人们的木屐踩成了一条条纵横交错的小路。猫冢的传说更是被传扬开来，已经被两三家报纸报道过了。

我们两个站在三田大道外的水沟岸边思索着从哪里进入。木墙上无一处开口，水沟的宽度也不容人直接跨越。我们在闲地四周转悠了许久，一直走到赤羽根河边也依旧一无所获。一肚子恼火的我们无奈之下，只好先回到之前路过的酒馆。从那里爬到坡顶，又绕到了闲地的背后。这才发现眼前的闲地竟是如此宽阔。原以为已经无望的我们居然在闲地的一角找到一扇门，上面挂着"恩赐财团济生会"的牌子，便像煞有介事地从那里钻了进去。内部与外部无甚区别，依旧是一幅寂静的景象，看不出有人看守。我们这才放了心，迅速从红砖主屋绕到了后门，那里更是只有上下两条铁丝网，放眼望去，宽阔的闲地前长着一棵枝繁叶茂的古树，旁边是一片丘陵，山脚下有一个很大的池子，四周围着许多拿着钓竿正在钓鱼的男人和孩子，人声鼎沸的景象倒是给这片土地增兴不少。久米君迅速挽起夏季羽织的衣摆和袖子，身轻如燕地钻过铁丝网奔向那边。而我那天刚刚从学校图书馆里借了书，此刻正抱着沉重的书包，一只手里还拎着把雨伞。而且我穿的是已故父亲留给我的蓝条纹仙台纺夏裤，就算把裤腰绑到胸脯处也依旧不断滑到臀部。久米君看我可怜，便在铁丝网对面接过我沉重的书包和雨伞，而我则努力夹着晴日木屐，把单层绸缎羽织的衣摆卷得高高的，然后抓紧两侧的裤腰带，凭借自己优越的身高轻松跨过铁丝网。

我们快速穿越闲地上的原野，奔向古池四周正在钓鱼的人群。从水池后方高耸的山崖，垂枝临水的古树和池边的岩石来看，这座规模二十余万石的城主馆邸建造之初的水池面积，兴许要比现在大上二三倍，甚至当时的悬崖中腹还有美丽的飞瀑落下。我曾在书画中看过几处旧时江户名园的模样，虽不甚清晰，但还是能在心里描绘出来。而我们所创造的明治文明却毫无怜惜地破坏了它们。这种牺牲古园来换取兵营和兵工厂的"英明果断之壮举"，如今每回想一次都会令我觉得痛心无比。

水池四周的热闹程度甚至超过了浅草公园的钓沟。据说不仅能钓到泥鳅和鲫鱼，好运来临时就连大鳗鱼都会上钩呢。我们绕着岸边走了一会儿后，走进一条通往悬崖的小路，只见一个兜售渔具、杂粮点心和面包等物的老爷子，正坐在大树底下等待客人。我们很是佩服这位老爷子的生意眼光，便在他的摊子前停下，询问了猫冢的位置。老爷子用一种向导的语气耐心地说道：悬崖对面有一条小径可以通往猫冢，不过那里如今也只是一座石台罢了。

所谓名胜古迹想必大抵都是如此令人失望的吧。不过沿着老爷子口中的那条小径一路走来的风光，与无限期待的感情，倒也足以成为将来的美好回忆了。当我们见到有马猫冢的真面目时才知道，甚至比卖渔具的老爷子嘴里说的石台都不如，压根儿就只是一块破石头而已。甚至就连这到底是不是猫冢的石台都无法确定。我们只是俯瞰旧兵工厂之时，发现山崖一角那隐天蔽日的老树根旁和长满了杂草的悬崖中央，散落着一两块滚落的石头。尽管如此，来时的悬崖小径与四周的景象也足以让我们毫无遗憾了。我做梦也没想到，今日东京市内居然还有一片如此幽邃的森林。柳树、椎树、槲树、杉树和椿树等诸多古木在此盘根错节，又有诸如光叶石楠和八角金盘等庭院树木于此肆意生长，因长年无人修剪而呈现出天然森林的风貌，层层叠叠，枝丫乱生。那时正是五月的初夏时节，每根枝条都被密不透风的绿叶压得弯下了腰。我们看到一种散发着臭味的无名寄生木，如头发般细长的树叶从大树上的瘤块与树干之间垂下。小鸟们在树梢间清脆地歌唱，丝毫不惧远处电车的轰鸣声与山崖下垂钓者的喧闹。我们两人在杂草堆中行走，任凭露水打湿衣摆，从林间一个昏暗之隅透过青叶枝干空隙，遥望远处这片宽阔的闲地。那里随处可见崩塌的墙体，在夏日的阳光下显得更加耀眼。眼前的景象让我们无端生出几许惆怅，不由得停下脚步，久久不忍离去。我们并非因为有马旧苑惨遭破坏而感到痛心，而是想到这处崩塌的旧迹好不容易才在时间的长河中演变成一片诗趣盎然的荒芜闲地，却眼见又要被所谓的新规划所铲除，一想到这片森林和杂草即将消失，我们便越发感慨万千。

我喜欢野草，就如同喜爱春之紫堇与蒲公英、秋之桔梗与女郎花那般喜欢野草。无论是闲地上丛生的野草，还是屋顶上的野草，抑或是路旁沟侧的野草，都是我的心头至宝。闲地就是野草的花园。"蚊帐钩草"拖着如绸缎般细长精美的穗子，较之"狗尾巴草"的穗子还要柔软几分，"赤豆饭草"长着温柔的淡红色花朵，"车前草"有着清爽而苍白的花，"繁缕"则长着小小的银白色花朵，甚至比沙砾还要小一些。细细欣赏，所有的野草都那么可爱，那么令人难以割舍。可是无论是和歌①还是宗达、光琳②的绘画中，都找不到任何野草的身影。野草首度出现在文学作品中，是在俳谐③和狂歌这种江户平民文学出现之后。我一直都很喜欢喜多川歌麿④画的《画本虫撰》，因为这位浮世绘画师将南宗画⑤家和四条派画家均嗤之以鼻的卑俗花草和昆虫放进了自己的写生画之中。仅此一例就能看出，俳谐、狂歌和浮世绘都是伟大的艺术形式，它们发现并重视了被古代贵族品位艺术所抛弃的事物，并毫无顾忌地将其艺术化。

　　最近的数寄屋桥外、虎之门金刀比罗宫神社⑥前、神田圣堂

①和歌，日本的诗歌形式，源于奈良时代（710—794），包括长歌、短歌和旋头歌等。
②宗达、光琳皆是江户时代的画师。
③俳谐，日本古典文学样式之一，俳谐连歌的略称。基本形式是两人合咏一首和歌，即由第一人咏前句（发句5、7、5式），第二人咏副句（7、7式）。
④喜多川歌麿（1753—1806），江户后期浮世绘画师，以美人画著名。
⑤日本南宗画作为日本艺术的重要一支，源于中国文人画，形成于日本的江户时期，具有幽玄侘寂的审美情趣和独特的日本风情。
⑥金刀比罗宫神社，日本知名的海神庙。金毗罗为印度水神，后成为佛教守护神，在日本被敬为航海守护神而受到参拜。

后以及其他多处新建的公园内都栽种了不少树木，但我却独独喜爱路旁闲地上盛开的野花，它们更能为我带来一种莫名的兴趣与情致。

户川秋骨①君的《随记》中有一章名为"霜之户山原②"。户山原是尾州侯御下屋铺的旧址，曾经的名园在荒废后被改建成了陆军户山学校，周围也建起了辽阔的射击场。最近被划入丰多摩郡③管辖，而在此之前则一直都是欣赏杜鹃花的好去处。即使东京郊外年年都会新建密集的居民新区，但此处的射击场却总是能得以幸免。秋骨君有曰：

户山原是东京近郊比较罕见宽阔之地。从目白深处到巢鸭河一带都是平原地貌，想必也兼有几分武藏野之趣吧。只是这块平原尽披耒粗，如今已是一片富饶的耕地了。虽有田园之趣，却已无甚野趣。不过户山原虽名为"原"，却有着地势高低之别，且树木葱茏繁茂。有些丛林虽占地不大，却乔木苍翠，极尽自然本色，不带一丝人工雕琢之痕迹。若想了解旧时的武藏野之趣，此处无疑是最佳的选择。地势忽高忽低的宽阔原野上，长满了各式杂草，春日里，少年男女在

①户川秋骨（1871—1939），本名明三。日本评论家、英文学者、教育学家、翻译家、随笔家。
②户山原，位于东京都新宿区中心地区，以前有陆军的练兵场等设施。
③郡，明治时为府县以下的行政区划，大正十二年（1923）废止。

此采草游戏，秋日里，雅人在此闲情散步。且四季皆有学画者携着画板而来，于闲地各处采景写生。这里足可称为一处天然的大公园，最健全的游览胜地。此处的自然与野趣是其他市郊地区所不可比拟的。如今的东京，但凡出现空地，不是兴建建筑便是毫不犹豫地施以耒耜。那么，为何只有大久保一带的原野还始终保留着最原始的自然风貌呢？看似不可思议，其实正是多亏了俗不可耐的陆军。户山之原是陆军用地，一部分作为户山学校的射击场，一部分作为练兵场，但大部分还是闲置不用之地，任凭市民或村民肆意蹂躏。骑马的士兵队伍在大久保柏木的小路上奔腾而去，十分吵闹。不，不是吵闹，而是令人厌恶。看看他们那一脸替天行道的模样，看看他们得意扬扬的神色，真是让吾等平民感到厌恶。但这个令我们讨厌的大机构，却又为我们在这片户山之原上留下古老的武藏野。仔细想想，这世界本就充满了不可思议的互相救赎。利中有害，害中有利，如今的我对报应之说已是深有感触。

秋骨君之言甚合我意。代代木青山的练兵场与高田的马场等处不也正是如此吗？如今我们能在晚秋的夕阳下，于高田马场的黄叶林中彷徨，或是在晴朗的冬日清晨远眺覆雪的富士山，不皆是仰仗了俗不可耐的陆军吗？

我沿着通向庆应义塾的电车道前行，越过信浓町的权田原，穿过青山大道，一直走到立有"三联队后"大字的红色木棒旁。这一路目光所及的大型建筑无一不是陆军的产业。电车上的乘客和街道上的行人也都是士兵或者军官，我甚至都开始怀疑，莫非陆军已经掌控了这个世界？再在权田原的森林中远眺初夏的新绿，或是在三联队后方与青山墓地之间的土堤和草原上看看春之嫩草，秋之芒草穗。秋骨君所言的报应不正是如此吗？

四谷鲛桥与赤坂离宫①之间的甲武铁道②线旁，有一片荒草萋萋的防火地。初夏的夕暮时分，我从四谷大街的理发馆回来时顺便去买点东西，先是拐进又被称为"西念寺巷"的法藏寺巷，巷内寺院云集，接着走下毫无车辆来往的陡坡，再沿着一条通向鲛桥谷町下贫民区的道路悠闲散步，路过这块防火地时驻足远眺嫩叶、杂草与晚霞。

这段路程距离虽短却变化万千，于褊狭的我而言，甚至还有不少能催生画兴之处。其一，这里有鲛桥的贫民窟，而这片被夹在四谷和赤坂两区高地谷底的贫民窟，与那些海湾、肥料船及造船场前的水边贫家不同，这里大概可以算是典型的山坡、

---

①赤坂离宫，又称赤坂迎宾馆或迎宾馆，是日本最大的西洋式宫殿，1908 年建造。
②甲武铁道，日本第一条民营铁路，现中央本线的前身。

悬崖和树木旁的山坳贫家风光。从四谷的山坡上俯视，前方崖下杂乱重叠的贫家白铁皮屋顶上随风涌动的褴褛衣衫，透过林间的寺院和墓地映入眼帘。初夏晴朗湛蓝的天空下，山崖上杂草的嫩芽和周围树木上的新叶都是那么青翠欲滴。而贫民窟的白铁皮屋顶却是那般污秽不堪，自然草木似乎并未给这里的人们带来任何恩惠，反而徒增了些许悲惨之色。冬雨四溅的黄昏中，摇曳的灯火映在残破的格子门上，乌鸦悲切的叫声回荡在满是枯木的墓地上空，真是一片毫无保留的冷冬之景。

从这阴暗的一隅越过铁道线路旁的土堤后，就到了那片宽广的防火地前了。乾御门的四周被赤坂御所的土墙所环绕，前面是一条延伸到远处青山的长坡道，我从这里爬上山坡，平日里人迹罕至的此地随处可见古朴的院墙和遮天的大树，望之劲健高洁。靠近御所的防火地上，杂乱地生长着四五棵银柳。我曾在某一年的夏日黄昏来到此处，听着落雨般的水声，无惧毒虫叮咬走向那片草地，发现柳树下的山边高台居然长满了芦苇，正迎着晚风婀娜起舞。在如水井一般幽深的洼地中，一片瀑布飞流而下，那是御所泻下的水流在大堰囤积后形成。入夜后，美丽的萤火虫会在空中飞舞。只是这漫长的夏日黄昏竟无一丝月光，这不免让我感到遗憾，便转身返回鲛桥。

此前有传言称，因为代代木原的世界博览会举办在即，若是洋人于清晨坐上四谷开往代代木的电车，就能从窗口看到污秽的贫民窟，那可真是国家的耻辱啊，所以东京市政府已经决定将鲛桥的贫民窟拆除了。岂料所谓世博会不过只是日本人的一厢情愿罢了，最终也因为资金不足而未能如愿举办。正因如此，鲛桥依旧还保留着原貌，西念寺的陡坡下也依旧是一整片秃头般的白铁皮屋顶。贫民窟本就不会成为一个城市的风景，但也不至于让前来参观世博会的洋人觉得恶心。论思考的愚蠢程度，无人能及如今的执政者。若说东京的城市风貌有碍全国之观瞻，与其拆除贫民窟，倒不如先把城中遍布的铜像清理干净。

以上便是我所知道的东京市内闲地的大致状况。近两三年来，我家门外的闲地越发宽阔起来了，那是一块属于市谷监狱署的空地。不过今年春天，自从人们在刑场上竖起了观音像，这附近便越发热闹了，俨然就是一处繁华的城镇，甚至有人传言不久之后就连艺伎也能于此来往了。

芝浦的填埋地尚且还可算是一块闲地，毕竟还未开始兴建建筑。如今的东京市内，已再难觅得如此宽阔的美丽闲地了。夏日的黄昏里，每每到了海上生明月之际，闲地上的杂草便如一片浩渺之烟雾，出入于港湾的货船桅杆不时映入眼帘，真是一道让人不忍离去的美丽风光。

东京市内的建筑工程正在不断地摧毁既有的风光。所幸生命顽强的杂草即便在被大火焚烧过后，也能在无一棵树得以存活的荒地上编织出青翠柔软的毛毯，也能借着月光绣出一颗颗露珠。吾等无福之诗人，在身处满是黄尘的都市时，自然比身处田园中时，更能深刻地体会并感谢"自然"的恩惠。

第九　悬崖

迄今为止，已有多本江户名所指南类书籍面世，最古老的诸如《紫之一本》与《江户惣鹿子大全》等书中，就对江户地理名胜古迹做了详细的说明，并将它们分为坡、山、洼、沟、池、桥等类型。但这个分类中，譬如"谷"类中就涵盖了日比谷、谷中、涩谷、杂谷等地名，可见并非从地理角度予以分类，而是从地名文字角度来区分的，倒有了几分文字游戏之趣。这种情况不在少数。这也是江户轻文学中最值得深究的有趣特征。

我早已分类叙述过东京的水、小巷及闲地之趣，那么此处便再加一章"悬崖"吧。

与闲地、小巷一样，我的晴日木屐散步也应悬崖而添了不少趣味。因为悬崖上的细竹、芒草、蓟草与白粉藤等杂草纵横交错之间，一股清泉涌出，或是如小河般的地下水潺潺而流，其音悦耳。崖上斜生着一些树木，千奇百怪的枝干，尤其是树根，看起来就像是倒挂其上，倒也别有一番画趣。若无树木或杂草，夕阳照耀下的东京悬崖远望就宛然一座悲壮的堡垒。

自古以来，市内的悬崖似乎就不曾有过正式的名称。《紫之一本》等书中虽对洼、谷等有过详细分类，却独独没有描写"崖"的章节。不过东京地势向来落差较大，所以悬崖也无疑是一直都存在于市内各处的。

从上野至道灌山[1]、飞鸟山一带高地之侧的悬崖，大概是东京市内最为壮观之处吧。截断神田川的御茶之水绝壁素有"小赤壁"之美名，自然也是悬崖中最具画韵的一处了。

电车开通前，东京的地势与风景尚未如今天这般遭受破坏，那时从小石川春日町至柳町、指谷町之间的低洼地带眺望本乡的高台，草木葱茏的悬崖随处可见。从根津[2]的洼地仰望弥生冈和千驮木的高地时，也皆是高耸的绝壁。绝壁顶上有条路，从根津权现一直延伸到了团子坂的坡顶。对于时常在东京市内散步的我而言，这也是一条最有韵味的道路。道路一侧的竹丛与树木密密层层，如遮天蔽日般将个日头隔绝开来，另一侧是条狭窄的小路，山路之险让人胆战心惊，生怕一个不小心就会坠入崖底。透过崖腹的茂密树梢俯视谷底人家的屋顶，看起来是那么渺小。抬头望向前方，辽阔的空中飘着自由自在的浮云，不知来自何处，也不知将往何方。左边是一片昏暗的森林，一路延伸至上野谷中，右边的神田、下谷、浅草市街清晰地映入

---

①道灌山，位于东京日暮里到田端之间。
②根津，位于日本东京文京区东部，连接不忍池北部的低地。

眼中，原来嘈杂的街巷市井之声也因距离的原因而变得柔和了许多，让我不由得想起了魏尔伦[①]的诗：

　　那和平的声音，

　　从街上传来……[②]

　　当代硕学森鸥外[③]先生的居邸就在这条路旁的团子坂坡上。据说只要站在二楼的栏杆处，就能穿过市内的大小屋顶看见远方的大海，正因如此，先生称此楼为"观潮楼"。（听说这也是团子坂又名汐见坂的原因。）我也曾有幸应先生之邀来过几次观潮楼，但大多是夜里前往，所以很遗憾，未有一次成功观赏过海潮。不过，深邃的上野钟声倒是让我至今难忘。犹记得那是一个残暑尚存的初秋黄昏，我前去拜访先生的时候，兴许他还在用餐，便着一位仆人将我领到了观潮楼上等待。我一个人在楼上等待先生时，打量了一下楼上的两间房，一间是四叠[④]大小，另一间则是八叠大小，一间的壁龛中挂着一幅写着"雷"字的石拓，看起来有些年头了，其下是一个巨大的六角花瓶，看上去应该是中国古代的瓷器，花瓶里空空如也，却显得无比

①保罗·魏尔伦（Paul Verlaine，1844—1896），法国诗人，象征主义派别的早期领导人。
②选自魏尔伦的《那边屋顶上的天空》。
③森鸥外（1862—1922），日本明治到大正时期的小说家、评论家、翻译家、军队外科医生等。本名林太郎。
④叠，日本房间面积的计量单位，一叠约等于1.62平米。

肃穆稳重。整个房间除了壁龛里的挂轴和花瓶外，再无任何一物。既无匾额，也无饰品。我悄悄地看了一眼隔壁那间大门敞开的四叠大的内间，只见一张桌子立于中央，或者称其为"台"更合适一些，因为那桌子只是由一张木板和四条腿拼成的简易造型，不带抽屉，不经雕刻，也不见笔墨纸砚之类的文具。不过，桌子后面六折屏风下方被扎成一捆捆的西洋报纸和杂志倒是吸引了我的目光。我悄悄伸长脖子仔细一看，墙角似乎堆满了各类大型外文书籍。世间之人，不乏故意将未读之书摆放于人前之人，这位先生显然异于常人。因此，自《栅草纸》[1] 开始，我对先生的文学与品行都怀有一种深深的敬仰之意。突然一阵浓郁的木樨香气飘来，上野的钟声随着拂去残暑的凉风一起吹进房内，让独自于大开的观潮楼上等待主人的我也不由得吃了一惊。

我望向钟声的方向。原本自千驮木的山崖可以望见的辽阔的东京风光，此时再看却已陷入茫茫的暮霭之中，似烟波浩渺，无数的灯火在这苍茫的夜色中发出耀眼的光芒，上野谷中的森林上空，淡淡的黄昏微光似浮云掠过，又似一段残梦。我不禁想起夏凡纳[2]笔下静静俯视巴黎夜景的圣女热纳维耶芙[3]，想起先

①《栅草纸》，森鸥外创办的文学评论刊物。
②皮埃尔·皮维·德·夏凡纳（Pierre Puvis de Chavannes，1824—1898），法国 19 世纪后期的重要壁画家。
③圣女热纳维耶芙（Sainte Geneviève），巴黎守护神。公元 451 年成功领导了巴黎人对匈奴王的防卫。

贤祠^①壁画上神秘的灰色。

钟声拖着悠长的余韵像互相追赶似的不停传来，每响一声，林中的光影似乎就黯淡一分，市内平地的灯火渐次亮起，车马声反而更加猛烈了，好似突然袭来的风暴，不久后，钟声最后的余韵也消失于天际。我再次茫然地环视空无一物的观潮楼内部，从这空荡荡的二楼俯瞰东京夜景，聆听着钟声与车马声的交响乐，想象着鸥外先生沉浸于阅读与创作中的情景，越发感觉先生的风采正如神秘的夏凡纳壁画人物。

正想着，耳畔传来一声"让你久等了，失敬失敬！"，只见先生正一副书生模样地走上二楼，他上身穿着一件细棉布白衬衫，下身是一条红条纹军裤。闲来无事的时候，鸥外先生就会一副士兵打扮，在这个周日租借的二楼小屋中悠闲地度过一整天。

"热天只抽这个，最是凉快了。"先生说着把女佣端来的银盘推到我的面前，邀我与他一起抽支雪茄。他在陆军省医务局长室与我闲聊时也必定会邀请我抽雪茄。若说先生此生有过什么奢侈的行径，大概也就只有雪茄了。

这天晚上，我有幸聆听了先生关于欧肯^②哲学的感想。九点

---

①先贤祠（Le Panthéon），位于巴黎市中心塞纳河左岸的拉丁区，于 1791 年建成，是永久纪念法国英雄以及功勋之人的圣殿。

②鲁道尔夫·欧肯（Rudolf Christoph Eucken，1846—1926），德国著名哲学家，1908 年获诺贝尔文学奖。

过后，我再次沿着千驮木的山崖小路下坡走向根津权现①，途中绕到不忍池后，此处也有一个高耸的悬崖，就在东照宫②的背后。我数了一会儿崖上林间的星星后便乘上开往广小路的电车。

我的出生地小石川一带也有许多悬崖。最著名的莫过于位于茗荷谷③小径左右两侧的高崖。一座是听名字就很可怕的切支丹④坂，崖中有一个倾斜的山洞，与之相对的则是一条如山路般的细坡道，我时常沿着这条坡道走到小日向台町的后方，只是如今已经忘了那座山崖的名字。可惜的是如今两侧的悬崖被改造成了现代式石垣，成了一片毫无雅致可言的石堆。竹林与树木尽遭毁灭，昔日那薄暗的凄美之景也尽皆丧失。

大概是七八岁的时候吧，切支丹坂悬崖的中腹不知是否由于下过大雨的缘故，突然出现一个正方形的巨大洞穴，无人知道里面究竟有多深。附近的居民都说那或许是切支丹旧宅中的暗道。

穿过茗荷谷，走入小日向水道町时，路中央有一棵银杏古树和一座供奉着草鞋、砂锅的小神社，这个景色从未改变。这条水边的道路一侧是几座贝联珠贯的寺院，栋门也是形状各异，我如今也时常在此散步。路的尽头与音羽相接的角落里有一座山崖，同时也是大冢火药库的所在地，崖上稀稀疏疏地生长着

①根津权现，根津神社的古称。位于现东京都文京区根津，"东京十社"之一。
②东照宫，日本祭祀德川家康的神社。
③茗荷谷，位于东京的文京区，现在的小日向。
④切支丹，"基督教徒（christian）"的音译，日本曾因该教发展过快引发了历史上最后的一次农民起义。

一些乔木。每到草枯叶黄、乔木凋零的冬日，成群的寒鸦就会落在树梢上，倒有几分文人画①趣之韵。而牛込则有赤城高地②，前方是目白山侧面的悬崖。蜀山人③在他的狂歌《东丰山十五景》中就曾赞颂过历史悠久的目白之景。蜀山人记曰：

宝永④年间，东丰山新长谷寺目白不动尊⑤所在之山，与再昌院法印⑥所居的关口疏仪庄相距不远，于西南的日影中拄杖观赏富士白雪，在千町田的翠色中任凉风拂面，是何等惬意之事。相传物部翁⑦居于牛込之时，曾以此地的南郭、春台、兰亭等十五景为题，整理成一卷诗文。牛込既为我故乡，也当吟夷歌⑧以怀当地美景。天明年间，我于大黑屋高殿设宴为家母庆贺六十大寿之际，便曾以"堰口纸漉""目白之瀑"为题吟诗数首。

《鹈山樱花》

昔日鹈鼠化山樱，今朝寥落若晨星。

---

① 文人画，中国画的一种。带有文人情趣，表达文人思想，与院体画区分而言。

② 赤城高地，位于群马县。

③ 太田南亩（1749—1823），亦称蜀山人。江户后期狂歌师、剧作家。名覃，字子耜，通称直次郎。

④ 宝永，日本年号，公元1704年至1710年间。

⑤ 与目黑不动、目黄不动、目赤不动和目青不动并称为五色不动明王。为幕府时代的德川家康所建。目白不动位于现东京都丰岛区高田。

⑥ 北村季吟（1624—1705），学者，俳人。松永贞德门下七大弟子之一。著有《徒然草文段抄》《枕草子春曙抄》《湖月抄》。任幕府歌学所翰林，获封号再昌院法印。

⑦ 荻生徂徕（1666—1728），日本德川时代中期的哲学家和儒学家。本姓物部，名双松，字茂卿，号徂徕、萱园，通称总右卫门。

⑧ 夷歌，日本狂歌。

《城门绿树》

屋瓴高过青叶山，牛込城门叠望楼。

《溪边流萤》

镰仓古道，出户①之萤，聚而成形，如若颌首。

《稔田落月》

白露清霜化早田，月影相印似明镜。

《平田香稻》

水田如镜，盛世盛景，田垄累累，丰年可待。

《寺前红枫》

灼灼寺前秋叶，未饮赤了双颊。

问道共游人：清酒半樽曾窃？

非窃，非窃，

相映夕阳笑靥。

《月中望岳》

八叶芙蓉，一枝独放。对影明月，桂树增艳。

《江村飞雪》

小火新酒雪原，江岸黑土一线，江户川上微澜。

《长谷僧院》

明王②换新装，法师新气象。

---

①出户，位于大阪市平野区，以萤火虫多而闻名。
②明王，佛教密宗的尊格及称号，如来的化身。

《赤城霞色》

朝夕霞光赤城山，问卿可曾红了肩？

《高田①丛祠》

高田荒草蔽神龛，明灯长燃照阑珊。诚心不输水稻荷②，信仰可比穴八幡③。

《济松④钟磬》

济松山寺祖心尼⑤，妙龄出家法相严，钟磬声声伴华年。

《田间一路》

蟹川横东西，小径通南北，直达门田中。

《岩畔酒垆》

杉树青叶拂柴门，绣眼⑥簇拥闹喧天，羽觞⑦交错传茶室。

《堰口水碓⑧》

水车流转，岁月如织，行人回望堰口碓，不语已

---

①高田，东京丰岛区地名，近早稻田。
②水稻荷神社，位于东京都新宿区。
③穴八幡宫，位于东京新宿区早稻田的神社。
④济松寺，位于东京新宿区榎町，为临济宗妙心寺派的寺院。德川家光为祖心尼而建，取临济宗的"济"字与松平家的"松"字，为此寺起名为济松寺。
⑤祖心尼（1588—1675），丰臣秀吉家臣伊势国岩守城主牧村利贞之女，任江户城大奥总管。德川家光去世后，祖心尼卸任大奥，于济松寺度过余生。
⑥绣眼，即相思鸟，雀形目。
⑦羽觞，又称羽杯、耳杯，中国古代盛酒器具。两侧有耳，形如鸟翼，故得名。
⑧水碓，一种脚踏式借水力舂米的工具。

了然。

　　去年岁暮，在周四的忘年会上，我意外地邂逅了岩谷四六君（小波①先生的弟弟），谈到我的《晴日木屐》时四六君告诉我，麴町、平川町与永田町后街的交界处曾有过一座幽邃的悬崖。当时的小波先生与四六君两人还与已故的一六先生②住在一起。而我父亲当时暂居的官舍恰好就在附近，所以我才对宪法发布时寂寞的麴町往昔有着深刻的印象。父亲在某部门的官宅中住过一年左右的时间，那处院子前面亦有一处悬崖，上面长着一大片影影绰绰的竹林，幽篁摇曳，看起来甚是悲凉。林里有许多令人生厌的蟾蜍，每逢夏日傍晚时分，总会有几十只蟾蜍倾巢而出，就像一大片鹅卵石似的趴在院子里。院前悬崖下方有一条小路，路的那头是德国公使馆所在的高台，其后也是一座树木繁茂的悬崖。每到寒冬之夜，我这个从小深受日本传统迷信影响的孩子总会凭空想象出诸如幽灵之类的存在，独自一人上厕所时就只能胆战心惊地穿过漆黑的走廊。这时，我能从残破的窗纸缝隙中看到远方崖下树林深处巍然耸立的西洋馆，明亮的灯火与优美的钢琴乐从每扇窗户流淌而出，西洋人的生活让我耳目一新。

---

①岩谷小波（1870—1933），明治到大正时期童话作家、儿童文学家。
②岩谷一六（1834—1905），幕府末期明治时代书法家，岩谷小波的父亲。

近日，我穿着晴日木屐漫步于市内，芝地二本榎高野山深处以及伊皿子台临海的悬崖最能吸引我。二本榎高野山的对面有一座上行寺，因是其角之墓的所在地而闻名遐迩。我站在崖上的本堂处俯视上行寺墓地全貌，像碗底般的奇特地势与其角之墓皆让我久久难忘。白金古刹瑞圣寺的后方也有一座幽邃的悬崖，同时也是我素来喜爱的拄杖散步之处。

麻布赤坂一带也有一处与芝地相同的悬崖。在山手^①出生并度过了童年时光的我，总是对独占轻快潇洒的船、桥与河岸之景的下町无比艳羡。话虽如此，这座悬崖与坡道上崎岖的风光，倒也不失为此山之傲了。就连北斋这位在《隅田川两岸一览》中只描绘河川之景的大师，不也为无趣的山手量身定做了三卷《山复山》吗？

第十　坂坡

本章虽看似与前章重复，但就市内的坂坡我还是想多说几句。所谓坂，乃平地起波澜之意。虽说平坦的大道通行无阻，不仅可以保证行车的安全，也可减少运货之费用，可对我这种无聊苦闷的只能靠闲庭漫步打发时间的闲人而言，却未免有些

---

①山手，日本东京都西部台地上的地区，相对于东部隅田川沿岸地势低洼的居民区的称呼。

单调了。东京市内景观的挺拔之美，只有在有桥有船的运河边上才能有幸目睹。银座、日本桥大道等平坦的都市风光则丝毫没有如同泰西①都市般的趣味。即便在西洋都市，哥伦比亚高台上的石阶远比纽约平坦的第五大道更能吸引我，而那蒙马特高地也比巴黎大道更让我流连忘返。我沿着里昂的库鲁瓦鲁斯坡道前行，路过被游人抚摩得十分光滑的古老石栏杆，欣赏着夏日黄昏中的索昂河岸，那美丽的景色让我至今难以忘怀。每当想起那日的风光，我总会不由感慨，为何法兰西城市的每处角落都能如此迷人呢？为何都能以一种柔软的姿态刺激着我们的幻想呢？我的思绪也一直沉浸在这往昔之梦中，久久不能自拔。

当时的我年未三十，孤身漂泊于异乡，虽为孤独异乡客却无怨悔，意气颇豪，当年我眼中的青山甚至说是墓场也不过分。转眼已过十年，鬓发虽不曾染霜华，却也是精魂渐衰，勉强只能算是活在这世上的一个男人罢了。每每因这些事情感到苦闷之时，我就会在怀中揣上一张《江户绘图》，穿上一双晴日木屐，一路凭吊感慨狂歌与俳句中吟咏的江户名所遗迹。沧海桑田，白云苍狗，怎能让我不落泪感伤。正如端呗②中所唱的那般："黯然的贫贱小屋也可享受月光之明亮。一味悲愤只会让自己陷入

①泰西，旧时泛指西方国家。
②端呗，江户时代三味线音乐中的一种形式，小曲、短歌。

不复之地，绝非贤者之所为也。"我们居住的东京，即便再丑陋污秽，既然朝夕于此生活，就必须在这丑陋之中找到几分美貌，在这污秽之中寻得几分趣味，努力让自己由衷地感受到这片家园尚有几分美感。我既无特别的打算，何不就为此而踏着晴日木屐散散步呢？

　　无论是面积还是人口数量，东京都已算得上世界上屈指可数的大城市。站在山手的坡顶，眺望市内风景，甚至比站在银座、日本桥等繁华大街上，都更能感受到这种盛况。对于生长于这座城市，对城内的四时风景早已无比熟悉的我而言，已然无一物能激起我的兴趣了。但即便如此，偶尔路过九段坂、三田圣坂，或是霞之关的坡道时，眼前宏壮的风光依旧让我不由得驻足远眺。可以说从坡上所看到的景致，才是最能体现东京恢宏壮丽的画面。自古以来，坡上风光之最的，当属赤坂、灵南坂以上，芝西久保以下的江户见坂一带了。爱宕山^①当前，日本桥、京桥与丸之内的风光更是一览无余。芝伊皿子台上的汐见坂，因其得天独厚的地形与距离，站在此处可以望见一如古代的名所绘里描绘的品川御台场之景，道上行人若于我鼻下行走一般，由此可知，昔日江户名所中描述的几处盛景，并非徒有虚名。

　　不妨罗列几处市中坡上风景最佳之地，神田御茶之水的昌

---

① 爱宕山，位于东京都港区爱宕，日本最早的无线电广播从这里发出。

平坂与骏河台岩崎[①]邸门前的坡道，都是俯瞰万世桥和神田川的绝佳之地，皂角坂（水道桥内骏河台西侧）与牛込麴町的高台同为眺望富岳的好去处，站在饭田町二合半坂上，目光越过外护城河，远望江户川对岸的小石川牛天神之森，也是一幅难得的美景。这片美景与小石川传通院前的安藤坂，以及与之平行的金刚寺坂、荒木坂、服部坂、大日坂等相对而立，在这些地方欣赏小石川至牛込赤城番町一带的风光，更是美妙至极。站在这些坡道上遥望远处的风光，最有诗情画意的莫过于站在绀色的秋暮中，看着万千人家的灯火闪耀，或是于初夏的快晴之日，在此观赏高台树木染新绿的美景。明月皎皎之夜，伫立在牛込神乐坂、净琉璃坂、左内坂或逢坂等处眺望护城河堤，连绵不绝的古松，在水中投下了一道道婆娑之影，这绝美的东京夜景，任谁都会感到惊喜无比。

坡道远望，固然能为这段旅程增加几分趣味，但平路的风貌却也同样令人无法割舍。只要有心，比比皆是充满了诗情画意的美景。四谷爱住町的暗闇坂和麻布二之桥对面的日向坂，虽然都是平淡无奇之地，甚至除了附近的住户外，其他人连它们的名字都叫不上来。但曲折陡峭至就连车辆也无法通行的暗闇坂侧，全长寺的墓地正静静躺在这里，草木葱茏，阳光很难透过繁茂交叠的枝叶，乱坟岗中杂草丛生，令人唏嘘。二之桥

---

①岩崎弥太郎（1835—1885），日本第一财阀三菱集团创始人。

日向坂处，新堀川的浊水自山麓潺潺流过，河上的小桥与斜坡上枝繁叶茂的朴树相映成趣，自成一画，韵味十足。因"振袖火灾①"而远近闻名的本乡本妙寺前的斜坡上，一条流经山麓的小水道，与其上的小桥至今依旧留在我的记忆中。赤坂到麹町清水谷一带骤然落下的陡坡，以及上二番町树木谷上方的山坡，在弦月如镰挂枝头的寒冷冬夜来到此处，听着阵阵狗吠自遥远的人家传来，这种寂寥的风光，甚至让人忘却自己此刻身在城内。坂坡与斜地上的房屋、围墙和树木等，组成一道壮丽的风景线。例如竖立着一整排旧加州侯院墙的本乡暗闇坂，或是可以看到麻布长传寺的院墙和赤门的一本松坂，皆是如此。

我觉得，诸如神田明神后面的本乡妻恋坂、汤岛天神里花园町的坡道，以及稍微有些偏僻的白金清正公一带的坡道、牛込筑土明神后面的坡道，以及由赤城明神后门至小石川改代町一带的陡坡等神社后方的坡道，都各具风情。每次路过这些地方，我都忍不住停下脚步欣赏四周的风景。地形倾斜的坡道，让神社境内的鸟居、银杏古树、社殿屋顶及木栅栏等都极富变化之趣。从住宅的屋顶远眺，或是在小巷的入口翩若惊鸿的一瞥，都能欣赏到不停变幻的风景。走在静寂的坡道上，我时常会在一些招租的房屋前停下脚步，并仔细地读着门前的告示，

①明治三年（1657）一月十八日，本乡九山本妙寺为施饿鬼燃烧烧振袖和服而引起的大火。

虽然我并无租借之意，也不妨碍我读得津津有味。此行径大抵是出于对这种生活的思考吧，想想住在这神社境内附近的人们，在辛勤读书或劳作之余，可以身着便服从后门进入空无一人的神社境内，如出入自家庭院一般轻松随意。在此遥望鸽子翱翔于蓝天，或是欣赏殿堂上的绘马，只此心无旁骛地消磨着本应漫长难耐的光阴，岂不快哉？

说到东京的坡道，也有一些是位于两处山坡间的洼地。前章中，我曾说过市内一处名为鲛桥的闲地，其前后便是相向而立的两处山坡——寺町与须贺町。此外，小石川茗荷谷处的坡道两旁也是相对而立的两块高地。小石川柳町也是两坡相峙的产物，一侧是自本乡而下的山坡，另一侧则是自小石川而下的山坡。这些地方都有着险峻的地形，两处山坡在对立中不断逼近对方，这样的景色才更有韵味，甚至让我有了一种市内竟也出现了一处温泉街的错觉。

市谷谷町至仲之町一带的坡道上有一段历史悠久的石阶，名叫念佛坂。麻布饭仓旁也有相似的一段石阶，名为雁木坂。这些石阶磴道总会让我联想起长崎。所以每当我穿着晴日木屐，走在这些棱角俱磨、颤颤巍巍的石阶上时，我总是不免有些担心，希望东京市的改造工程能放它们一马，莫要将这些地方也改建成易于通行的普通坡道才好。

第十一 夕阳 附富士眺望

东都西郊目黑的夕日冈，与大久保的西向天神，皆是观赏夕阳的名胜之地。不过那也都是江户时代的往事了，想必如今也不会再有那愚痴之人，特地拄着拐杖去那些偏僻的山冈看夕阳了。但我平日里总是喜爱寻找东京的风景，也从中悟出了夕阳于这座城市之美的重要性。

远眺二重桥的最美时刻，莫过于视线穿过城墙上的松林，欣赏西边天空中如火燃一般的夕阳之时，彼时才是此地最为壮阔，让人心潮澎湃的景观。松树的墨绿、晚霞的深紫、夕阳的赤红，各色交融，相互辉映，这不仅是东京，也是日本这个国家特有的色彩。

晚霞的天空映照在护城河畔仓库的白墙上，或是将顶着晚风扬帆前行的货船篷帆染得通红，那是一种意外的美。但若要讨论夕阳与东京之美的关系，还是要站在四谷、麹町、青山、白金等面西的长街上欣赏才最是理想。神田川、八丁堀等河川，以及隅田川沿岸之美并非源于夕阳，而是融入了多种趣味，才造就了那些地方别致的风光。与此相反，麹町经四谷通往新宿的大街，以及芝地白金至目黑行人坂的道路，自古以来便是空旷寂静，毫无趣味，不过就是一些毗邻郊外的污秽道路罢了。即使到了雪日或月夜，也毫无风情可言。一旦起风，漫天的沙尘便会让人不辨道路，若是下雨，就更是泥泞没踵了。这种寡淡无趣的山路，之所以还勉强有着几分美感，皆是得益于悬挂于天边的夕阳。

这些大路虽有别于四谷、青山、白金、巢鸭等处，但街道的模样却有着许多共同点。从前的四谷大街是指新宿至甲州街道或青梅街道之间的那段区域，青山为大山街道，巢鸭经板桥延伸至中仙道①，这些无须看江户绘图也可知晓。或许也正因如此，尽管电车的开通让这些街道发生了蜕变，但我总觉得依旧残留着些昔日驿路的余韵。特别是行走在宽阔的一本道旁，望着冬日落寞的夕阳，忍受着凛冽的西北风时，就会出现一种自己正在风尘仆仆赶路的错觉。电车与自行车的铃声，也很容易令人联想到往日驿路的铃音。

东京的夕阳美，以新绿的五月、六月和晚秋的十月、十一月为最。山手的庭院墙垣被青翠欲滴的新木所包围，透过枝丫遥望夕阳染红的天空，那可是下町沿岸见不到的景色。论起山手地区最为树木苍翠之地，自然不得不提神社佛阁的境内了。从杂司谷的鬼子母神②、高田马场的杂木林、目黑不动③、角筈

①中仙道，即中山道。日本古代五条大道之一，在草津与东海道合二为一。
②鬼子母神，佛教的神，原为吃人夜叉，由于佛祖诱导，成为顺产、幼儿的保护神。
③此处代指供奉不动尊的目黑泷泉寺。

十二社等地青翠茂密的嫩叶间遥望夕阳之景，最是迷人，不仅如此，这些地方也很适合观赏晚秋的黄叶。沐浴在夕阳之中，听足下沙沙作响的落叶声，即便不是江湖沦落之诗人，也会不由得萌生出几分感慨来。

应与夕阳之美合二为一的，就不得不说从市内遥看富士山的远景了。在大街上向西望去，不仅能看见富士山的美景，与富士山麓相连的箱根大山——秩父山脉同样清晰可见。青山一带的大街自古就是最适合远眺之地，九段坂上的富士见町街、神田骏河台与牛込寺町一带也是不错的观赏地。

若站在关西的某座城里，再怎么使劲伸长脖子也是望不到富士山的。所以，江户人向来将自来水与富士远景视为东都的骄傲。"西有富士，东有筑波"一言确是对武藏野风光的最佳概述。文政年间葛饰北斋为了创作《富岳三十六景》锦绘，特从江户市内选取了十几个远眺富士的最佳区域，包括佃岛、深川万年桥、本所竖川、本所五目罗汉寺、千住、目黑、青山龙岩寺、青山稳田水车、神田骏河台、日本桥桥上、骏河町越后屋店头、浅草本愿寺、品川御殿山及小石川雪中。我还未进行过锦绘与实景的对照比较，自然也就不知道诸如江户时代是否真的可以从万年桥或本所竖川边看到富士山之类的问题了。但是北斋及其门人升亭北寿，以及一立斋广重等人的古版画，即便到了今日也依旧是探寻东京与富士山之绘画性关系的绝好资料，这一点自然无须多言。北寿以荷兰人的远近法创作而得的御茶之水锦绘，与今日之景几乎毫无二致。从神田圣堂的门前走过，站在御茶之水的路旁遥望西方的最高处，左边河对岸的土堤后是九段的高台，右边则是与兵工厂的林子连在一起的牛込市谷树林。神田川从水道桥一直延伸到牛込码头，旁边便是富岳及其山麓的绵绵群山了，这与《名所绘》上描绘的风景几乎一模一样。但若要说富岳最美的画面，那便是初夏时节与晚秋时分，夕阳下的云朵染上了晚霞色泽，氤氲袅袅，群山姹紫嫣红，苍穹亦是染了几分夕阳余晖，此时此景与浮世绘的色彩最为相似，故此美得惊心动魄，让人久久不能忘怀。

现代人的趣味，想来也就是看到日比谷公园的老树上亮起电灯，就兴奋地嚷着"漂亮！漂亮！"的程度了。清夜中赏月光，春风中爱梅花，敬爱这片土地上传统的自然之美这一风雅之习，如今已然完全被颠覆了。因此，如今的人早已不在乎东京是否有夕阳，是否能看见富士山了。即便我等文学家写文描绘这些美景，也必定为文坛严厉斥责，说这是无病呻吟之描绘。但为何不想想，意大利米兰不正因为有了阿尔卑斯山脉，才能名动天下的吗？那不勒斯不正因为有了维苏威火山的青烟，才能留在旅人的记忆中吗？东京的美，不正在于富士山远景吗？国民的义务并不止于选举议员。永远守护故乡之美，纯化洗练自己的语言，这才是爱国主义的最大义务。如今，东京的风景即将惨遭彻底破坏，我们真诚地希望世人切勿忽视这座都城与富岳之间的关系。安永时期的俳书《名所方角集》上，就有关于富士眺望的俳句：

千古骏河町，名月富士景。（素龙）

无尽富士雪，半分江户景。（立志）

富士美当前，除夕亦可忘。（宝马）

十多年前，我们几个木曜会①的成员应乐天居小波山人之邀，相聚于他的家中，其中有一位唤作罗卧云②的中国人，眉目秀丽且日语流畅，听之与国人无异，以苏山人为戏号，好作俳句小说，是个让我们都敬仰至极的才子。他在返回故土前曾留下一句诗：

行春别富士，自此归故土。

苏山人回国后一直住在湖南的官衙内，一年多后不幸染病，再游日本时于赤坂一木的寓居之内仙逝。眺望富士时，我也会

①木曜会，1928 年，以日本陆军士官学校第 21—25 期生为主成立的"国策研究会"。
②罗卧云，本名罗朝斌，明治 13 年出生于长崎的清朝人。俳人。

偶尔想起苏山人临行前留下的这首俳句,对故人的追忆让我陷入无限的惆怅之中。

　　君今乘鹤去,归于富士雪。(荷风)

　　　　　　　　　　　　　　　　大正四年四月

雪　日

天空阴沉，一丝风也没有，但却比富士山上刮来寒风的日子更让人感到寒冷刺骨，虽然一直把腿放在被炉内，但小腹处依旧冷得有些疼痛，这样的日子持续一两天后，小雪就会在黄昏时分静悄悄地落下。紧接着，屋外就会传来木屐在水沟棚板上一路小跑的急促脚步声，女人们大声喊着："下雪啦！"就连大街上豆腐店的叫卖声都在这片喧嚣声中显得更加悠远……

　　初雪来临时，我总会忍不住回想起明治时代既无电车也无汽车的东京街景。东京的雪中，包含着一种有别于他处的特别韵味。当然，也与巴黎、伦敦的雪有着不一样的风情。巴黎的雪，总会让人不由得联想起普契尼的《波希米亚人》。而哥泽节①中也有一首家喻户晓的《藏羽织》：

①哥泽节，俗曲的流派之一。

藏羽织，牵衣袖，今夜可否留此处？

凭窗棂，望窗外，白雪皑皑好光景。

每逢雪日，我总会情不自禁地想要低吟这首恍如隔世的小调。歌词中无一字赘言，以精练至极的语言将女子急切绵长的情绪巧妙地刻画出来，呈现出一种比绘画更为鲜明的场景感。"今夜可否留此处"的歌词旁，若以歌麿的《青楼年中行事》作为配画，想必大家就更能理解我的说明了。

我想起自己曾在为永春水①的小说《辰巳园》中看到一个情节：丹次郎去深川的隐蔽居所探望许久未见的情妇仇吉，一番浓情蜜意后，日暮西山细雪纷飞，丹次郎归途受阻。读来婉转缠绵，思绪良多。为永春水在其另一篇小说《凑之花》中描绘了一个被心爱之人所抛弃的可怜女子，独自躲在河边的一间破屋中度日，大雪纷飞之日也无薪炭取暖，只能暗自垂泪，抬眼透过破旧窗纸上的漏洞向外看去时，看到一位陌生的船夫正撑着小船路过此处。她叫住船夫，向他讨要了一些木炭。在曾经的那个年代里，街上的飞雪总能如三味线的音色般勾起人们心底的哀愁与哀怜。

明治四十二年时，我写了《隅田川》这部小说。彼时，我

---

① 为永春水（1790—1844），江户时代后期作家。

与竹马之友井上哑哑子①二人在向岛上散步，一路谈论着距离梅花绽放尚有一段时间。于百花园内稍事休息后，一回到言问就见河边早已夕霭笼罩。对岸灯火闪烁，无声的白雪从薄暮的天空飘落大地。

已经到了下雪的时节了吗？如此一想，我不由觉得自己犹如二番目狂言中的出场人物。一种柔软的情绪油然而生，仿佛耳畔已经响起了净琉璃的悠扬曲调。我们两个不约而同地停下了脚步，望着逐渐没入夜色的河水。耳畔突然传来一个女人的声音，循声望去，原来是长命寺门前茶肆的老板娘正在收拾檐下长凳上的烟草盆。茶肆中设有小屋，店里的座席上早已亮起了灯光。

朋友唤老板娘倒杯酒来，复又说这么晚了若是觉得麻烦，那就干脆直接来一瓶。老板娘听罢取下包在头上的妇人状手巾，招呼我们进了里屋后说道："小店饭菜粗陋，委屈二位了。"接着为我们铺好坐垫。我一看，老板娘年约三十岁，看起来十分娇小俏皮。

端上烤海苔和酒瓶后，老板娘又关切地问我们冷不冷，随即便送来了一个暖炉。亲切、舒心、聪颖，这种待客方式在当时或许并不稀奇，但如今回想起来，那时的街景、人情、风俗，都已再难相见了。往事如风，一去不复返。这世上难以挽回的，

①井上哑哑（1878—1923），明治到大正时期小说家、俳人，本名井上精一。

不只有短夜的梦境。

朋友倒上一杯酒送到嘴边后吟道：

雪日不饮者，双手置怀中。

说罢看着我，我便应和道：

雪日不饮者，尽赏山头雪。

恰好老板娘来换酒壶，我们便向她询问船期，她说渡船已经停运了，不过汽船倒是会开到七点，于是，我们便又在店里坐了一会儿。

无舟赏雪心难安，借船赏雪始悠然。

那时我喜欢随手记笔记，但后来，我将那些手稿与各种废纸一起捆成一捆后尽数扔进了大川河。如今只要下雪，脑海中就会隐隐浮现那晚的情景，那个热情淳朴的时代，以及早逝友人的面孔。

* * *

每到大雪将至的寒冬，我都会想起从前住在大久保时，总有一只黑色的山鸽飞来我的院子。

那时父亲已经去世，只有母亲和我两个人守着空落落的家。冬季的庭院寒冷寂寥，就连正午的日光也化不开坚硬的霜柱，每当母亲在院中看到某只不知来自何处的山鸽飞来时，就会说："那只山鸽来了，又要下雪了。"我也记不清那雪是否真如母亲所预测的那般来临，但自那以后，那只山鸽每到冬天就会飞到院子里来，不知为何，这件事倒是永远地印刻在了我的记忆深处。每到大雪将至的冬日傍晚，我的心中总会涌起一阵疲倦与寂寞。也许是因为那种轻易无法忘怀的幽思，在时间的长河中，反而演变成了一种追忆的悲伤吧。

三四年后我卖掉了牛込的房子，在市内辗转租房，漂泊不定，再之后就来到了麻布，定居了将近三十年。当然，我的母亲，还有身边所有的亲人都已经不在人世了。如今的这个世界，只剩下陌生人的陌生语言和声音，以及难以理解的言论。唯一不变的，只有若干年前山鸽徘徊于牛込庭院上空时大雪将至的酷寒，每年冬天，那样的酷寒依旧会在我的玻璃窗上留下一层灰色。

不知那只鸽子现在在哪里。是否一如曾经一样在那古老庭院的青苔上悠闲散步呢……恍惚间，我似乎回到了当年，那时的情景无比清晰地浮现在眼前。"那只山鸽来了，又要下雪了。"就连母亲的轻声呢喃也清晰无比地从某个角落传来。

回忆将现实的我带入梦境，让我陷入因无法到达奢望的彼岸而生出的绝望和悔恨的深渊……回忆，真是一个让人欢喜让人愁叹的谜之女神。

*　　*　　*

我已近古稀。我不知道自己是否不得不活到七十岁，成为一个遭人厌弃的糟老头，我不想活到那一天。话虽如此，若命中注定今夜入眠后便再无苏醒之日，那我也定会惊惧悲伤的吧。

我不想活着等待孤寂地老去，也不想立即离开世界。这个念头成了每日每夜出没于我心中的云影。我的心不明不暗，恰如雪日黄昏的天空一般阴霾寒冷。

太阳总要隐入西山，太阳必有燃尽的一天。死亡，也是不可避免之事。

活着的时候，我对寂寞无比依恋。正因有了寂寞，我的生命才有了一层淡薄却不容忽视的色彩。我希望自己死后也能拥有同样的淡薄色彩。这样一想，我觉得自己也许能在黄泉彼岸与曾经爱过的女人，或那些分手后早已忘却的女人重逢。

啊，或许我离世之后也依然如在世时般，面临相逢后又不得不离别的别离之苦吧……

*　　*　　*

药研堀与昔日的江户绘图所绘别无二致，那时，两国桥下的河水流经旧米泽町时，东京著名的"一钱蒸汽①"栈桥上，开往浦安的大型汽船总会成排地停泊于此，有时也有两三艘停在其他的栈桥上。

我拜落语家朝寐坊梦乐为师的一年后，每夜都会前往市内各大寄席。那年正月的下半月，师匠在深川高桥附近的常盘町常盘亭压轴表演。

每天下午，我都要先到下谷御徒町的师父家里帮忙做家务，然后再于四点左右赶到寄席的乐屋。时间一到，无论前座的坊主②是否到场，都要把乐屋的大鼓敲得咚咚作响。门口的看鞋小童一看到街上的行人，便会用力吆喝着"欢迎光临"。我从账房拿来火种，在乐屋和演出席的火盆里点燃炭火，等待准备上场的艺人陆续进入乐屋。

当时若要从下谷前往深川，只能选择来往于柳原的红马车或者大川河里的"一钱蒸汽"船。正月是一年之中最短也是最寒冷的季节。从两国坐船至新大桥后，再步行到六间堀的小巷时，夕雾中的水边小镇看起来特别昏暗，路旁的小屋中早已点上了灯火，阳光暴晒后衣物散发出怡人的芳香。木屐在木桥上吱吱作响，让这座郊外小镇更显寂寥。

那夜的大雪此生难忘，傍晚我在两国的栈桥等待"一钱蒸

①一钱蒸汽，原指仅在指定区域航行、船票仅一钱的客船。明治时期至第二次世界大战期间，特指在东京隅田川中航行的小型客船，一般使用蒸汽。
②在剧院中负责某项工作的艺人或服务员称为坊主。

汽"时，突然一阵灰尘般的细霰随着河风飘到乐屋门口的艺人们身上，他们的帽子和外套都在夜色中泛着微微的白色。九点半的终场鼓敲响后，我目送师父的车子开出大门，此时四周已被皑皑白雪所覆盖，路上空无一人。

我与打鼓的前座坊主回家的方向不同，所以每晚走出书场后便分开了。那时我总是和一位十六七岁，家住佐竹原道，在下座弹三味线的姑娘一起回去，我不记得她叫什么名字了，只记得是立花家桔之助的弟子。我们走到安宅藏大道的第一个路口后，穿过两国桥，接着在和泉桥边分开。然后，我独自一人从柳原路过神田，回到番町的父母家，蹑手蹑脚地从后门钻了进去。

我们每晚结伴同行，有时借着温暖皎洁的月光走进幽暗的本所大街，两旁的诸多寺院与仓库让四周更添一分静谧。有时一起走过沟川上的小桥，目送一声长鸣的雁影划过天际。有时因为背后的犬吠，或是因为被举止怪异的男子尾随而狂奔。几乎每个晚上都在路旁寻找打着灯笼兜售食物的担子，然后买上一些年糕小豆汤、砂锅面条填饱咕咕直响的肚子，再将豆馅糯米饼和烤白薯捂在怀中取暖，再一起走过两国桥。尽管是一个是二十一二岁的少年带着一个十六七岁的少女在空无一人的寒冷深夜中互相偎着同行，但我们却从未遭到巡查的盘问。如今想来，明治时代和大正以后的社会果然迥然不同。那时的人们眼中远不似今日这般充满猜疑与怨羡。

　　某天夜里，我依旧和那位姑娘走在每晚必经的道路。刚走了没两步，积雪就填满了木屐齿。狂风似要夺走我们手中的伞，我们的面颊和衣服都在吹雪中变得一片潮湿。那个时代的少男少女们是不可能拥有夹袄、大衣、手套或围巾的。这位贫家少女显然比我更适应恶劣的天气，只见她迅速卷起裙摆，单手提起木屐，只穿着足袋走在雪中。她告诉我，这种天气打一把伞和两把伞是没有差别的，于是我们便共同握在同一把伞的竹柄处，靠在路旁小屋的檐下穿行。如此前行不久，就能看到河对岸的伊予桥了。这时，姑娘突然双腿一软，跪坐在地上。我伸手想要扶起她，可怎么也扶不起来。好不容易站起来了，还没迈开步子就摇摇晃晃地似乎又要倒下去。看样子只穿足袋的双脚已经被冻得失去知觉了。

　　我不知如何是好，焦急地看着四周，面馆朦胧的灯光透过肆意的风雪映入眼前时，我的心中欣喜至极。吃了一碗热腾腾的乌冬面后，姑娘马上就精神了许多，便又和我一起继续于雪中穿行。刚才为了驱寒，平日里滴酒不沾的我喝了一整杯热酒，走着走着就觉得一阵醉意袭来，雪夜本就难行，此刻更是步履维艰，原本握在姑娘手中的手，不知何时竟搭在了她的肩上。两个人的脸越靠越近，就快贴在一起了。此刻，四周正如舞台上说书人描述的那样，一片天旋地转，我已经分不清脚下究竟是本所还是深川了。头昏眼花的我似乎被什么绊倒了，身旁的姑娘用尽全力把我抱了起来。低头一看，原来是木屐的带子断了。路旁的竹子和树木长得十分茂密，我心下一动，拉着姑娘躲到树林里。林中狂风暴雪不再，就连白雪皑皑的道路也被树枝完全遮挡住了，宛如另一番天地。原本姑娘还担心回去晚了又要挨继母骂了，所以想着快点回家，不过既然晚也晚了，反而释然了，她摸了摸被雪打湿的银杏髻，然后绞干衣袖。而我也就不再努力抗拒侵袭而来的醉意了。此刻哪怕孤男寡女间忽然生出一段风流韵事来也不足为怪。

第二天，每一处街角都出现了大大小小的雪人，人们将积雪扫成一堆堆小山，不久后，那一座座小小的雪山便在阳光的照耀下慢慢消失了。道路也完全干了，河风依旧夹挟着沙尘扑向大地。正月早已过去，到了二月的初午^①，师父梦乐的演出地从常盘亭迁到了小石川指谷町的寄席。而那位姑娘从这个月起也从下座^②改到高座^③了，她不会来小石川。所以我们结伴回家的日子也就不会再有了。

我一直不知道姑娘的真名，虽然知道她住在佐竹，但也从未问过是佐竹的几号番地。雪夜的美丽插曲也随着大雪的消融

---

①初午，原指新年过后的第一个午日，现在指二月的第一个午日。这天是日本稻荷神社的祭祀之日。
②下座，歌舞伎剧场中坐在舞台下方演奏的人。
③高座，歌舞伎剧场中坐在舞台上方演奏的人。

而烟消云散，不留一丝痕迹。

雪落在巷子里，也落在了我的心上。

我想模仿著名诗人魏尔伦的那句名诗，若我通晓他们国家的语言，我大概会这么写：

巷子积满了雪，

而我的心，积满了忧愁。

或者：

巷中积雪已消融，

吾思亦散了无痕。

……

钟　声

我在这所麻布房子的二楼已经住了很长时间，屋外的钟声总会不时传入我的耳中。

　　那钟声虽不近，亦不会太远，恰到好处地不会惊扰我的沉思。我时而就这般在沉思中静静地聆听着钟声。时而也会放空思绪，有时因疲倦而怠于思考，屋外的钟声便会让我更觉恍惚，如入梦境。若西洋诗中的摇篮曲般轻柔地抚慰着我的心灵。

　　从钟声的方向推算，那必是来自芝山内无疑。

　　此前芝地的大钟似乎是置于新道上的，如今却已不见了踪影。也不知现在的钟声是否来自增上寺境内的某个地方。

　　我已在如今的家中住了将近二十年。初来时，附近崖下尚有数间茅草屋迤逦错落，正午时分自当也会响起，彼时的钟声一定比如今更加频繁才是。可无论我怎么努力回想，记忆中也不曾有过在钟声中沉于思考的场景。莫非是十年前的自己尚还年轻，所以不似今日这般为钟声所动？

关东地震后，往日里不曾留意的钟声，如同一种新认知般进入我的世界。而我竟也多了一种期盼，希望昨日的钟声也能在今日响起，希望这钟声永远不会成为绝响。

钟声不分昼夜，总会在该来的时候被人击响。可钟与我之间，却隔着来去不定的车声、风声、人声、收音机声、飞机声和留声机声，在这些杂音的干扰下，钟声很难顺当地传入我的耳中。

我住在山崖之上。后窗外的西北方向是山王^①与冰川^②一带的茂密森林，一旦入冬就要连续忍受西北风的摧残，崖上的竹林与庭中的树木在狂风中骚乱不止。狂啸的寒风不仅让窗户无时无刻不在颤抖，就连整栋屋子都被震得似要拔地而起。风向随着季节的更迭而转换，春去夏至，近邻们门窗大开，家家户户热闹的收音机声随着和煦的东南风飘入我的耳中，那段时间里，电波声从早到晚一刻不停地包围着我。也正因如此，钟声的存在完全被我抛诸脑后，直至一个突然的响声传来，让我着实吓了一跳。

这些年里，每当连刮两三日的北风在短暂的冬日黄昏中骤然停止，夜也变得更寒、更静的时候，钟声总会让我感到越发愉悦，可那一晚，我坐在刚刚燃起灯火的餐桌旁，正要举箸独享晚餐的瞬间，咣的一声巨响震彻云霄。惊得我甚至忘记放下

---

①山王日枝神社，位于东京都千代田区。
②大宫市的冰川神社。

筷子，就这么握着回望钟声传来的方向。孤寂的长庚星飘浮在深邃而神秘的夜空中，透过干枯的树枝，一轮新月影影绰绰，看得并不十分真切。

白昼更长了，这在黄昏时分尤为明显。白昼既尽，黑夜未至的那段时间，读写正倦，或是一人在清冷的夜中独对灯火，毫无干劲时，骤然入耳的钟声总会让我思绪远飘，浑然不觉托腮的双臂已然酸麻，只一味浸入对往昔的回忆中。有时我也会慌忙取出已故友人的遗著不知疲惫地读到深夜。

芊蔚的嫩叶让庭院幻化成绿的海洋，却也遮挡了窗前的大部分阳光，午后尤甚，绵绵细雨穿过新叶尚显稀疏的缝隙悄然滴落。远处的钟声较往日更加悠远轻柔，似铃木春信古版画上的色彩与线条，令人闻之更觉疲劳与倦怠。而到了秋末时分，钟声在一夜强过一夜的西风中断断续续，如《楚辞》般凄凉哀怨地呜咽着。

自昭和七年的夏日起，世道变迁，钟声中也仿佛多了一丝明治时期不曾有过的情绪，似在淡然地讲述着忍辱与谛悟之道。

西行①、芭蕉、皮埃尔·洛蒂②、小泉八云③，他们也一定在各自生活的年代里认真倾听过这样的巨响、这样的钟声，这样的

①西行法师（1118—1190），平安时代末期、镰仓时代初期的歌人。俗名佐藤义清。
②皮埃尔·洛蒂（Pierre Loti，1850—1923），原名朱利安·维奥，法国作家，擅写海外风情。
③小泉八云（1850—1904），爱尔兰裔日本作家，原名拉夫卡迪奥·赫恩（Lafcadio Hearn）。小泉八云写过不少向西方介绍日本和日本文化的书，是近代史上有名的日本通，现代怪谈文学的鼻祖。

低语。但没有一本传记记录过他们曾因这殷殷钟声而斗志昂扬。时代变迁的力量无人可挡，甚至高于天变地异之力。佛教的形式与佛僧的生活早已改变，再不是当初芭蕉和小泉八云聆听钟声时的那番模样。依旧如故且永远不会改变的，大概只剩下寺中僧侣夜半时分撞响佛钟的仪式了。

偶有钟声传入耳中，令我不禁为之感慨，此刻的我当也与古人怀有同样心境，我们都明白，自己一定不是倾听钟声的最后一人……

昭和十一年^① 三月

---

③公元 1936 年。

草红叶

自从暂居于东葛饰的草深之地后，东京之事便只能时不时地通过风言入耳。

　　我所认识的那些在战火中命染黄沙之人，生前多是居住在浅草町，时常往来于浅草公园的卖艺之人。

　　就连幸运躲过大正十二年关东大地震的浅草观音堂，也在这次的战火中化为了灰烬，火势之猛烈，即使是三月九日那夜①烧毁我家的山手麻布大火也完全不可同日而语。那夜幸亏我早已料定自己的藏书逃不过尽付一炬的命运，所以不存任何侥幸之望，只在屋外与邻里彻夜闲谈，这才安然躲过了燃眉之虞、烧伤之险。于我等绰绰逃离的幸福的遭难者而言，即便旁人仔细描述了浅草遇难者临终前的悲惨景象，也难以感同身受。但事实不容置疑，若有人自那夜后的一年内都杳无音信，那多半

①指的是 1945 年 3 月 9 日的日本东京大轰炸。

已是不幸遇难了。

我还记得当时有位替歌剧院打造舞台道具的老匠人，约莫五十岁上下，常年一件黑衫披身，腰上插着一把铁锤，眼睛狭长，身量不矮，看着十分精神。但从外表上很难想象这是位生于浅草的道具大师，不仅做事井井有条，谈吐也很得体。舞台的活计收工后，他就会脱下那件黑色的工作服，换上喜欢的深色和服，夏天往往穿着一件深灰色的短外套，冬天则换上了方袖的茶色长袍，看起来就是一位克己奉公的商人。尽管脑袋已经快要"寸草不生"了，也依旧不戴帽子，木屐的绳带总是系得一丝不苟，这些都是江户人特有的装扮。每日的工作结束后，他都是第一个离开，接着便独自一人回到千束町的家中，看样子也是位不善饮酒之人。

老匠人膝下只有两个女儿，二女儿在家中随母亲一起卖煎饼，大女儿那时已经二十二三岁了，给自己取了个艺名唤作荣子，就在父亲打造道具的舞台前随众多小姐妹一起跳了许多年的舞。

我和荣子相识于昭和十三年的那个夏天。那一天，我与作曲家 S 先生一同到剧场观看了演出。首场演出开幕的前一刻我走到后台，那天恰逢三社权现①大祭的正日，二楼的舞女化妆间

①所谓的"三社"，是指祭拜阿弥陀如来佛、观世音菩萨、势至菩萨的三社权现社，也就是现今的浅草神社。

等待的荣子一看到我，便立即打开了包袱皮，将里面的笋皮包糯米红豆饭拿出放在我的面前，她告诉我这是母亲恭请先生笑纳的。

节目的排练昨夜就已结束，她们大概听说了我会在演出首日出现。我想，荣子的母亲为我准备食物，不仅是为了感谢我平日里对她女儿的颇多照拂，更多的还是传统习俗使然吧。自古以来，民间百姓就喜欢在大祭时与他人一同分享福气与喜悦。我平日里总是感慨于时异势殊，世风日下，所以荣子母亲的厚意着实令我感动欣喜。除了糯米红豆饭外，荣子母亲还准备了炖煮莲藕和碎鱿鱼，也都用笋皮包裹，虽然口味偏甜，但我知道这才是民间百姓喜爱的味道，淳朴热情的民风让我的内心更添暖意。我做梦也没想到，自己竟然有机会在爵士舞女的化妆间内品尝到三社大祭的糯米红豆饭。

舞女荣子与她的道具大师父亲一家住在吉原游廓①。从商铺林立，热闹非凡，流行歌曲的唱片没日没夜沸反盈天的千束町径直往北走，就能看到一条小巷，巷子尽头的小路上挂满了妓院的灯笼，这里便是吉原游廓了。某天深夜，我舞台排练结束后回家，路上走着走着突然感到有些嘴馋，便向荣子询问哪里有半夜依旧开门营业的食肆。荣子听罢便邀来两三个住在附近的舞女姐妹，带着我去了吉原角町稻本屋对面那条小路上的一

---

①吉原游廓，江户时期日本最大的花柳街巷，青楼集聚，最盛时期的妓女多达数千人。

家名为"堇"的茶泡饭小铺。从水道尽头拐进万籁俱寂的吉原游廊，我们行至仲町大道时，从旁边一家青楼茶社中走出两位艺伎，其中一位看了荣子一眼后轻轻使了个眼色便走开了。两人似乎都有些尴尬，似乎顾虑着什么所以一副欲言又止的模样。拐入角町后，在我的询问下，荣子告诉我刚刚那位艺伎是某某青楼茶社家的女儿，也是自己在富士前小学上学时的同年级同学，荣子言语中称她为艺伎姐姐，可见在她心中艺伎的地位是要高于舞女的。紧接着她就告诉我，自己是在游廊附近的一条箪瓢陋巷里长大的，可见江户时代那种人人崇仰廓内女子的风气，直到昭和十三、十四年也不曾消退。没想到，无意中邂逅竟让我得到了意料之外的新发现。不过这一传统如今也已随着三月九日夜里的那场大火湮灭了。

*　*　*

那晚我在吉原里获得了许多难忘的经历。

走进这家名为"堇"的小铺中，居中的过道两旁铺着榻榻米，客人既可以端庄正坐，也可以肆意地斜靠着。荣子和她的小姐妹们点了志留粉[①]、杂煮和乌冬面，就在她们不停喊老板添菜的时候，店口的暖帘被打开，一位客人在店内坐下并叫了酒菜。这是个身高体壮的男子，剃着个光头，身穿一件细条纹羽织，内搭一件细条纹小袖和服，袖子被挽了起来，下身是一条

[①]志留粉，日本的年糕豆沙汤。

藏青色纺绸细筒裤，脚上穿着一双高木屐，垮着个衣领，圆鼓鼓的怀中露出一小截钱包。这身颇具时代风采的和服穿扮，眼下已经不多见了。明治末期后，即便是歌舞伎剧院的后台，也已找不到这副打扮之人了。仲町的艺人我基本不认识，看这打扮，想必也是当地著名的大师级助兴艺人吧。

男子静静地喝着酒，不时饶有兴趣地瞥了瞥舞女们吃东西的模样。舞女们身上的洋装和脸上的妆容似乎并不让他反感，倒带有几分欣赏的神情，看来与我这个老朽有着相同的喜好，他似乎也很了解我的心思，偶尔四目对视时，我们总有种心领神会之感，似乎都在竭力忍着内心的笑意。想来这位助兴师父也与我有着同样的感受，在感慨时世风俗变迁的同时，心中也都暗藏着一丝都市人皆有的好奇与哀愁。

暖帘外的妓院都已熄了门前的灯笼，狎司、女人和路人的声音戛然而止，整个游廓如沉睡般鸦雀无声，就连出租车的声音都消失得无影无踪了。妓院休闲后，空气中弥散着一种幸福的静谧，"新内调"的吟唱声在附近的巷子中响起，不知历经多少年月的古韵让人不禁涌起一阵抚今怀昔之情，似乎在这袅袅弥音中回到了过去那个令人怀念的时代。那位身着细筒裤的光头助兴大师也似乎陶陶然乐在其中，我不由得对这些晏如于旧习之人生出了一丝羡慕与嫉妒之情。

那位颇具古典风韵的光头老师傅和曾经风光无限的游廓，

或许也在三月九日的那场大火中化为灰烬了吧。

我听说那晚和我们一起去吃宵夜的舞女中，有一位不久后就离开浅草去了名古屋，还有一位去了札幌，而荣子后来也嫁给某位漫才①艺人为妻，如今已经不住在游廓旁的家里了。我衷心祈祷，但愿荣子一家洪福齐天，依旧活在这婆娑世界之中。

除了那位道具大师外，作曲家S先生与我合作的《葛饰情话》在浅草剧院上演时，还有一位担任钢琴演奏的乐师，据说以前是住在浅草公园通往田原町的那条狭窄小巷中，因此也没能躲过那场灭顶之灾。另一位住在入谷的造花师也在三月九日的大火中不幸遇难了，他生前造了许多香囊花球和花环，观众们可以购买后赠送给心仪的艺人。他原本已经与妻女一起逃到了大路上，但转念一想，又觉得这场大火尚不足以在短期内烧到自己的宅子，便想趁着这一间隙折返回去，尽量多抢救出一点家当，可一去，竟就成了永别。

浅草公园终会重现昔日之繁华盛景。但观音堂想必再也不会恢复一立斋广重《名所图绘》中的秀美旧貌了。

昭和十二年，我与歌剧院和常盘座②艺人间的交流逐渐频繁，那个时候已经鲜少有人知道地震前的公园与凌云阁的旧况，昭和时代的人们早已忘却了大正时代的浅草公园。那时歌剧院

---

①漫才，日本的一种站台喜剧形式，类似于中国的对口相声。
②常盘座，历史悠久的日本歌舞伎座。

111

里的当红艺人们，大多都是地震后迁入的外乡人，他们到了东京后不断崭露头角，终成名角。那个时代转眼间也已成为只可追忆的往昔。和平重返人间，那些因模仿爵士舞而人气高涨的艺人们，更不知昔日朱漆下观音堂是何模样。时代的更迭，恰如流水般一去不复返。此生未尽，已被遗忘，如此想来，生亦何欢，死亦何惧。

*　*　*

歌剧院后台处有个澡堂，管理澡堂的大爷已经在此工作了大半辈子。也不知他是否有幸躲过了三月九日的那场大火。那以后也有不少人跟我提起过兴行町的现况，可却未有人提起过那位管理澡堂的大爷。无论生前死后，他的存在大约都从未被人记住过吧。

听舞女们说，大爷当时已有家室，还有一栋位于马道①附近的房子，二楼被他租与他人以补贴生计。意外的是，他的夫人并不老，据说还是位相貌清秀的娇小女子，平时在上野广小路的一家电影院里为客人安排座席。大爷平日里总是用帕子包住头，再在后脑勺上打个结，所以无人知晓他究竟是个光头还是满头白发。他的腰背尚且硬朗，只是手脚有些纤细，戴着一副眼镜，但从那一脸的褶子判断，怎么也该年逾六十了。无论夏冬，他皆是一身衬衫裤子，当然不会有人在意，也不会有人

---

①马道，浅草寺附近的旧町名。

想要打听他究竟为何总是这身打扮。不过大爷的长相并不低贱，至少不似无赖或是游手好闲之人，或许是个兢兢业业的生意人也说不定。

歌剧院的澡堂与后台入口紧挨着，所以出入后台的人们总喜欢站在澡堂门口闲聊。其他剧场的艺人或是外地演出归来的艺人们，也喜欢在后台门口唤出相熟的朋友，就这么倚着门或墙说话。夏日时分，人们还会搬出舞台上的道具长椅，无论白天还是黑夜，那张长椅上从不缺少谈笑风生的过客，但那位大爷却鲜少与他们搭过话。偶尔也有年轻男子与剧院的舞女坐在长椅上调笑搭讪，大爷也不会多加侧目，想必早已司空见惯，不屑的眼神中分明如同写着"幼稚"二字。

一入严冬，大爷便会在鞋架后的狭窄过道墙角处燃起火堆，靠在一旁懒洋洋地打着盹儿，就如一位隐形人般消失于周围所有人的眼光中。

一个春暖花开的时节，我无意中看见大爷不知从何处拢来了一堆竹篾，正全神贯注地削成细条打鸟笼。我常见町上的理发师以水钵①饲养金鱼，又有提灯工匠以盆栽点缀门前空间，这才知原来澡堂大爷也与他们有着同样的爱好。无论是言语或是姿态，都能看出他是一个地道的下町人，可我的脑海中竟毫无关于他笑容的记忆。可知落魄之人一旦在贫困中老去，首先忘

---

①水钵，指日本园林艺术中的石水钵，是供客人净手、漱口之用。

记的大概就是笑容了。

停战之日遥遥无期，煤气与焦炭的供应时断时续，后台的澡堂也只好无奈歇业，似乎不久后大爷就被解雇了，他单薄的身影从那时起便消失于后台门口，取而代之的是一位手握秃扫帚的大娘，看样子是位新雇来的清洁工。

＊　　＊　　＊

战后第二年的秋天也已接近尾声，遥想去年，我在冈山的西郊迎来初秋的天朗气清，又在热海送走了晚秋的井梧零乱。今年的秋天，我在下总①葛饰的田园中，日日聆听烈风呼啸，感慨光阴易逝。在冈山的每一日都颇有日长似岁之感，实则不满百日而已。热海的秋日小阳春仿若一场明媚灿烂的白日之梦。

家园被毁后，我一度过上了颠沛流离的生活，映入眼帘的每一处风景，都如一颗颗记忆的种子深埋于心。每离开一地，心中都会涌起如情人分别那般的依依不舍之情，暗下决心他日重回故地后，便背起行囊踏上新的旅程。但那暗下的决心，自然要等待催生它出现的新契机。

八幡町的梨园早已过了丰收的时节，明媚的阳光从葡萄叶缝中倾洒而下。收割后的玉米地里横七竖八地躺着被遗弃的玉米秆，一望无际的稻田金灿灿的，如同一块巨大而柔软的黄绸。

---

① 下总国，日本古代的令制国之一，属东海道，又称总州、北总。下总国的领域大约包括现在的千叶县北部、茨城县西南部、埼玉县东隅、东京都东隅。

也许在将来的某一天，我还能再听见妙林寺松山里的鹰唳声吧。如今备中①总社②的百姓们大概正在深山里采着蘑菇，他们时不时地感叹着秋晴日短。沟川之水流经三门町时，若有村妇在此洗衣，定会被那冰冷的河水惊得缩一缩手吧。

等待之心在经年累月中酿出思乡般的哀愁，再无一种情绪凄美胜乡愁。巴黎的天空让我迟迟无法忘怀，也正是这种凄美使然吧。

巴黎虽再遭兵乱，却依旧无恙。待春风吹拂大地时，美丽的丁香花也依旧会香满人间。而我们的东京，那个生我养我的孤岛之城却在炮火中化为了灰烬。所谓乡愁，是对尚存之物的一种思慕。那么，对不复存在之物的思念之心，又该称之为何呢？

昭和二十一年十月草

---

①备中国，日本古代的令制国之一，其领域大约为现在冈山县的西南部。
②总社市，位于冈山县中央部的城市。

十九岁的秋天

近年报纸中总有报道，东亚局势日益风云急涌，日中同文之邦家似亦不遑签订善邻友好条约。遥想我十九岁那年的秋天，曾随父母远游上海，如今想起，竟恍如隔世。

　　孩提时，我总能在父亲的书房或客厅的壁龛中看到悬挂着的何如璋、叶松石、王漆园等清代名家字画。父亲素爱唐诗宋词，年轻时便与中国人订下了文墨之交。

　　何如璋是一位清国公使，自明治十年起便被长期派驻东京。

　　叶松石也在同一时期先是被聘为首位外语学校教授，一度回国后又返日本游玩，后病死于大阪。其遗稿《煮药漫抄》的开篇中收有诗人小野湖山书就的略传。

　　每年庭中梅花烂漫时，客厅的壁龛内必将挂起由何如璋挥毫而成的东坡绝句，我虽已老耄之年，但那二十八字的诗篇依旧铭刻于心：

梨花淡白柳深青，

柳絮飞时花满城。

惆怅东栏一株雪，

人生看得几清明。[1]

明治时代的儒者文人似乎十分推崇何如璋之才学，当时刊行的日本人诗文集中几乎无一本不刊载何如璋的题字、序文或评语。

我于明治三十年的九月离开东京，至于何日扬帆离港，乘坐的汽船其名为何，如今已然忘却。我快父母一步登上了横滨港的船，行至神户港时，才与自陆路而来的父母会合。

为了装卸货物，汽船在岸边停靠了两天两夜，我趁此机会独自一人饱览京都与大阪的名胜风光，平生初次尝到旅行之乐。只是当时的见闻大多已经忘记，只记得曾在文乐座剧场听了一出越路太夫[2]，也就是后来的摄津大掾所唱的《俊传兵卫》。

不久后，船抵长崎，一位身着淡紫色丝绸长衫的中国人，叼着烟卷乘小舟前来拜访父亲，看起来约莫是位商人。当时的长崎尚未建成可供汽船停泊的码头，犹记得那位中国访客离开

①出自苏轼《东栏梨花》。
②竹本越路太夫（1865—1924），摄津大掾的门徒，1903年继位。江户时代末期至大正时代的人形净琉璃三味线琴师。

119

时，在走下汽船扶梯后叫来了一艘小船，他的那声"舢板"顿时让我有了一种无法言喻的快感，仿佛自己已身处异国他乡。那个情景也一直留在了我的记忆中。

早晨抵达长崎的汽船直至傍晚方才解缆，次日午后驶入吴淞口，我们在芦荻丛中等到潮水高涨后，这才徐徐抵达上海港。彼时的父亲已辞官从商，自那年春天起便在上海的一家公司里担任监督一职，所以我们到达码头时，那里早已站着许多前来迎接的人。我和母亲随着父亲坐上了一辆两匹马拉的包厢马车。在东京见惯了铁路马车的瘦马，眼前的华舆高马着实让我赞叹不已。车上配驭者二人，马丁二人，均身着白衣，只有袖口与衣襟处带着一抹赤色，头戴斗笠，配以红穗为缀，就如往日在东京遇见的那些欧美公使乘坐马车途经护城河的情景一般，威风凛凛，令人艳羡。那一瞬间，我的内心仿佛油然生出了一种身为伟人的自豪感。

父亲的公寓就在公司内部，距离码头不过二三町^①的距离，所以鞭声一响，就沿着石墙进了一扇铁门，停在了一栋法兰西风格的灰色石屋前。

公寓是一栋双层结构的住宅，楼下是一个宽阔的客厅和一间食堂，中间以拉门隔开，除去拉门后就成了一间大大的舞厅。楼上有一个环形的回廊，中间则是父亲的书斋与卧室，两个房

①町，日本长度单位，1町 ≈ 109 米。

间的视野都极好，如海般宽广的黄浦江两岸风光在此可尽收眼底。父亲将里屋当作我旅居期间的住处，这间屋子外没有回廊，但露台上有一个法兰西风格的窗子，可以凭窗远眺草坪对面的办公大楼，以及石墙后道路对面的日本领事馆。那时的中国还未设立日本租界，领事馆、日本公司与商店大都只是在美租界中借一隅以安身。据说只有横滨正金银行与三井物产公司占据了英租界中最繁华的外滩地界。

美租界和英租界以一条运河相隔，河上有座虹口桥。桥的尽头是一处黄浦江岸的西式公园。我在晚餐后跟着公司的员工到那座公园散了散步，来回共计花费一小时左右，据此推测往返大约是日本一里地的距离吧。

回来后我走进里屋休息，旅途虽疲乏，我却辗转反侧，难以入眠。倒并不只是沉浸于上岸后的景象带来的新奇感，而是总觉得自己的内心被另一种更加深刻的感动所盘踞，久久无法平静。那时的我对异国风情一词尚还懵懂，只知道那是一种感官上的兴奋，但我的知识还尚不足以对这种情感自觉加以解剖。

但被这种异样的感动日复一日所敲击，海外的风物和色彩终于让我内心朦胧不清的那种感觉逐渐被唤醒。中国人的生活中充斥着无比强烈的色彩美。街上的中国商人与独轮车上中国妇女的服饰，十字路口的印度巡捕头顶盘着的白巾，土耳其人的帽子，以及往来于河面上的小船，仿佛一幅带有浓郁色彩的中国风趣画作。各种异国语言充斥在我的耳畔，尽管我那时对西方的文学艺术尚无多深的了解，但这些色彩与声音却依旧给我的感官带来了强烈的刺激。

某日，我在街上偶遇一列敲着铜锣行走的"道台"行列。另一个晚上，又遇到一队送葬行列，大声哭号的女子走在最前面。这些奇风异俗着实让我惊讶不已。几辆马车于张园的林间飞驰，车上坐着几位以桂花为簪的中国美人，古老的徐园回廊中悬挂着书法对联，寂寥的秋花挂在薄暗的庭院中，连接剧场与茶馆的四马路①上车水马龙。我越发沉迷于这些浓烈的异国色彩并为之感动。

自大正二年的革命之后，中国人摒弃了长达二百余年的清朝遗俗，如今也与我们日本人一样崇尚欧美之物，恐怕三十年前我所目睹的那些色彩之美，如今早已不复存在于上海街头了。

那时，我总能在街头看到年轻英俊的中国少年以长穗绸带编入长辫的发尾，每走一步，长穗绸带就会随着从绸缎鞋中露出的洁白后跟而不断摇摆，我不禁叹服那是何等的姿致，又是何等纤巧的风俗。他们的绸缎长衫上衣纹华丽，外面套着一件艳色绲边大褂，一排宝石镶嵌的纽扣精美别致，长穗绸带的底部往往悬挂着各式刺绣袋子。原来竟有华美更甚女装的男装，

---

①旧时上海南京路被称为"大马路"，而与之平行的九江路称"二马路"，汉口路称"三马路"，福州路则称"四马路"。

每每这时，我都会打从心底艳羡一番。

清朝与日本江户时代一样，以阴历为通用历法。某日我与父母一同乘坐马车驰向郊外，辽阔的田野上长满了数不尽的柳树、芦苇和桑树，一座名叫龙华寺的古刹静静地屹立其中，除此之外，再无其他寺院。回想登上塔顶的那一天，似乎正是农历九月初九重阳节。自江户时代起，稍有唐诗造诣的日本文人都会在重阳节里登高望远，赏菊花、摘茱萸，争相赋诗应景。而上海市内既无可登高之冈阜，也无远望之山影。坐在车里时，父亲告诉我可以，郊外有座龙华寺，登其塔顶便可欣赏蜿蜒曲折于云烟浩渺间的低矮山脉。

昭和时期的日本人通常以英语"hiking"来指代秋晴日的登山，我等顽民则不然，有古语"登高"一词便足矣。

我已不记得那年的农历九月十三夜对应的是哪个公历日子了。只是起草此稿时意外想起某个同样也是农历九月十三日的夜里，我与父亲一同吃罢晚饭在书斋里闲谈的情形。当时他说了一句"十三夜到了"后，便即兴赋诗一首，如今已收录于父亲的遗稿之中：

芦花如雪雁声寒，

把酒南楼夜欲残，

四口一家固是客，

123

天涯俱见月团圆。

我原想长住上海，并找个合适的学校继续念书。一旦回东京就该接受征兵检查了，而且进了高等学校后也要学习柔术之类的课程，我对这些十分排斥。然而我的愿望终究还是落空了。那年冬天，我被迫与母亲一同踏上了返回东京的汽船。那个时节，公园里乘坐马车的中国美人们，发簪上也已不见了菊花的踪迹。

三十六七年前的一切恍然如旧梦。岁月匆匆不待人。诚如东坡所言："惆怅东栏一株雪，人生看得几清明。"

甲戌十月^① 记

------

①公元 1934 年。

夏之町

一

枇杷果熟，百合花散，白昼里也少不了嗡嗡蚊鸣的树丛荫处，据说花开时节能变换七种颜色的紫阳花也已结束了漫长的开花期，褪了颜色，萎了姿态。梅雨已过，盂兰盆节的演出也已临近《千秋乐》了[①]，每个人都在收拾行囊，或是找个凉爽之地避暑，或是返回家乡。炎暑的强光与寂寞占领了这座城市。

但我自小就没有七八月出门的习惯，每年的这个时候，我都会守在东京消磨时间。首先，东京是生我养我的故乡，我没有其他地方可去。其次，父母每年都会带着一家老小去逗子或是箱根度假，而我一人留守家中便可以光明正大地摆脱双亲的监督，尽情沉浸于文学或是音乐等所谓的不正当娱乐的世界中了，所以我向来都是主动推辞，因为这三个月脱离父母的夏天，对我而言就是无上的幸福时光。

---

①指表演的最后一场节目。

126

还记得那是发生在中学毕业前一年的事。不知为何，我在两张十六开的纸上写满了逗子旅行半月以来的所见所闻，这张纸至今还保存在我的箱底。或模仿，或剽窃成岛柳北①的假名交杂式文体，不时插入汉诗的七言绝句，以自叙体第一人称的方式，借主人公游子或小史的视角描写了薄命多病的才子抛却都门豪华，安于海边茅屋听松风的生活，全文以略带稚气的笔调和生硬的修饰表达出假想的哀愁。我将之取名为《红蓼白苹录》，其中插入的绝句有：

> 已见秋风上白苹，青衫又污马蹄尘。
> 月明今夜销魂客，昨日红楼烂醉人。
> 年来多病感前因，旧恨缠绵梦不真。
> 今夜水楼先得月，清光偏照善愁人。

等等。今日再读，不禁喷饭。一个年仅十四五岁的少年竟然能写出"昨日红楼烂醉人"这样的诗句，不应为其文字游戏造诣之高感到惊讶吗？但自己近日读到被称为19世纪最真实的告白诗人——保罗·魏尔伦的传记，他的著名诗篇《秋歌》(*Chanson diutomne*)中就有这么一句：

<hr>

① 成岛柳北（1837—1884），日本汉诗作家，江户人，17岁入继成岛家，成为第14代将军德川家茂的侍读，幕末。

Les sanglots longs

des violons

de l'automne...

秋声悲鸣

犹如小提琴

在哭泣……

　　这是魏尔伦这位高踏派 ① 诗人在最幸福的时期创作出的诗篇。传记作者在书中提到，彼时的魏尔伦娇妻在畔，挚友萦绕，还有一份体面的工作。即便如此，他依然在诗中写下了"往事如烟，在眼前重现，我泪落如雨"以及文末的"飘啊，飘啊，宛如那，枯叶飘零"。这大概也是诗人的一种 Jenx d'esprit（心灵游戏）。我自是不敢以名动一时的大诗人自况加以辩解。想说的不过只是，即便如 Sagesse 般晚年写过忏悔诗的大家，甚至有时也会觉得不可思议，怀疑这一切是否真实发生过。

　　如今回想起每年在东京度过的暑假时光，最难忘、最让我怀念的莫过于七月、八月间在大川端游泳练习场的那段日子了。

　　直至今日，若有人问起大川河何处水位最深，何处水位最

---

① 高踏派，即 Le parnasse，中国译为"高踏派"，19 世纪 60 年代出现在法国的诗派，主张反对浪漫主义、崇尚客观和为艺术而艺术。明治初年与其他文学流派一起传入日本，并在日本形成自有特色的高踏派。一般来讲，魏尔伦是象征派诗人，也有归为颓废派的。

浅，何处涨退潮时水流最为湍急，我定能如数家珍般一一解答，这皆归功于儿时的经验。

午后的骤雨转瞬即逝，不断远去的雷鸣声幽幽入耳，宏壮的云峰一侧洁白如雪，一侧被斜阳染红，飘浮在水神之森的上空，此时不妨站在吾妻桥上凭栏观赏，河中的船儿正逆潮而下呢。因为浅草一带多浅滩，涨潮也不湍急，所以那些船儿大都靠着右岸的浅草摇橹而行。但若站在中洲河畔的二楼小屋俯视，就会发现同样逆潮而下的船只此刻正靠着左岸的深川、本所前行，这是为了躲避从大川口正面吹向日本桥区的大风。因为此时，溺亡者的尸体也会随着大风和晚潮一起漂向中洲沿岸。

我是在神传流的练习场学的游泳。神传流的练习场每年都建在本所御舟藏附近的浮洲上。浮洲的一侧芦苇繁密，退潮或雨天时，附近贫民家的女子们就会来此地挖蚬子。不过如今却已石墙高筑，填埋成了一块新陆地。滨町河畔依旧年年建造练习场，只有我们神传流的小屋被挪至他处，浮洲上的芦苇蓊蔚也已不复存在。

考取了所有的游泳资格证后，就可以无须教练监督独自游泳了。我们总是很早就来到位于芦苇荫处的练习场，脱去外衣，只穿一条泳裤跳下大川，将行踪交潮水抉择，一般上游可达向岛，下游可至佃地。感到疲惫便爬上河岸，沿着河堤信步绕行，倒是活脱脱一幅小狗散步图。

我经常穿着湿漉漉的泳裤站着欣赏真砂座剧团的演出。永带桥上时有警察巡逻检查，偶有四五人大声挑衅着"要抓就来啊"后，立刻从越过栏杆一头栽进河中，许久后才钻出头来"哇哇哇"地起哄。

即便在无法游泳也无法裸行于河畔的日子里，我也依旧喜欢与同样喜爱河水的友人们一起泛舟河上，这占用了我全部的课余时间。

我们划的当然也就是小船而已。但也要至少四五人挥棹，且必须整齐划一，所以任谁也不能以疲倦为由停下手中的动作。所以某些懒惰的滑头便会选择省力的旧式小货船。当时的人们多以"方寿司"戏称小船。若在浅草桥的野田屋或是筑地的丁字屋租一日船，"方寿司"和小货船的租金也是相差甚远的。

无论周六还是周日，只要一放学，我们就会抱起书包飞奔着跳上船。藏前的水门、本所的百本杭、代地料理屋的栈桥、桥场别墅的石墙，或是小松岛、钟渊、绫濑川等地的茂密芦苇丛中，都曾是泊船的好去处。我们在船上晃悠悠地思考着代数和几何作业，再以眼前河川为实景，拿出藏于教科书中的《梅历》①与《小三金五郎》②的叙景文对照欣赏。

我受少年时代读物的影响颇深，即便此生受到再强烈的新

---

① 即为永春水所著的言情小说《春色梅历》。
② 《小三金五郎》，以大阪岛内绵屋的妓女小三和病殁于 1700 年的俳优金屋金五郎的恋情为内容的剧本。

思想冲击，想必都不会以江户文学外的眼光看待隅田川自然风光吧。

钟渊的纺织公司和帝国大学的艇库，早在我尚不知隅田川之前就已存在。这些新势力正在日渐霸占昔日的河堤、农田以及茂密的芦苇丛，却丝毫没有感化我的心。吐着黑烟的砖瓦工厂远不如人情本①有趣、美好，让我回味悠长。即便早已过去十年、十五年，可如今再度听到诸如竹屋、桥场、今户等地名时，我的思绪也依旧会立刻飘离现实，神驰于自己出生前的那些年代。

无论自然主义如何强调理论，至少我自己，是无法将如今隅田川的景色与隅田川此名相提并论的。

自然主义时代的法兰西文学，反而能丰富我内心对隅田川的幻想。

莫泊桑短篇小说中描绘的泛舟塞纳河之场景，总会让我陷入对过去学生时代的回忆中。素爱绫濑芦苇与水杨风貌的我，每每读到龚古尔兄弟②在《En 18……》一篇中描绘的月下莫顿美景，那种纤巧的艺术总能在我心中激起层层涟漪。左拉③在一则名为《田园》(*Aux champs*)的趣味小品文中，详述了巴黎人

①人情本，即言情小说。
②龚古尔兄弟，法国作家，兄弟二人。
③爱弥尔·左拉（1840—1902），法国自然主义小说家和理论家，自然主义文学流派创始人与领袖。

喜爱近郊塞纳河风景的原委，偶然读之，不免心下将其与江户人之风流做了一番比较。

左拉在文中提到，如今的巴黎人每逢周日定要出城欣赏一番郊外风光，这种内心的炽热更胜古人。他也提出了一个佐证——同样是反映时代风俗的文学作品，十七八世纪的文学中丝毫不见如今日抒情诗人般咏叹"自然"的情感。卢梭的出现彻底改变了社会思想，夏多布里昂、拉马丁和雨果的感叹，让人们开始注意到自然的存在。最初被希腊艺术 divinisation（神化），后又被法兰西古典文学置若罔闻的自然，在浪漫主义的热情下终于得以 humanis（人格化）。但无论是雨果还是拉马丁，都从未在抒情诗中直接以巴黎郊外风景为题材加以歌咏。纯粹的自然题材，当以几近被遗忘的通俗小说作家保罗·德·科克（Paul de Kock）① 为嚆矢。保罗·德·科克虽并非仅为郊外风景写生而创作，但他确实以一种滑稽、夸张的笔致呈现出五六十年前路易·菲利普（Louis Philippe）② 政权下，巴黎市民越过狭窄的城墙前往郊外森林散步，坐在青青草地上野餐的情形。此后，社会风俗逐渐发生转变，继保罗·德·科克之后，一个画家团体开始频繁出现于巴黎郊外的风光秀美之地。今日无人不识的默东（Meudon）③ 佳境，便是 Fran 派画师在摒弃古典形式，追求自

①保罗·德·科克（1724—1801），法国作家、戏剧家。
②路易·菲利普（1773—1850），即路易·菲利普一世，法国末代国王，1848 年逊位。
③默东，法国巴黎西南部郊区市镇。

然写生之时被发现的。画家杜比尼（Daubigny）更是在其上游发现了芒特（Mantes）[①]。原本默默无闻的塞纳河畔，一夜间迎来了一群群步履杂沓的散步的人，而它的伯乐杜比尼却早已放弃塞纳河主流，一路沿瓦兹河（Oise）[②]上行，出安特卫普（Anvers）[③]后逃往远方。而柯罗（Corot）[④]则就此留在山清水秀、云木茂密的毛里求斯（Ville d'Avray）了。

这又让我幡然联想到了向岛与江户文学之间的关系，江户人喜爱郊外赏景的年代远早于巴黎人。诸多俳谐师手提葫芦穿梭于江东梅林，找寻"初春之景"，藏前的老板们以篷船载艺伎与美酒于水中，品味"桥场今户水乡畔，袅袅炊烟映斜阳"的河川美景。

最初，向岛的河堤是为防河水泛滥而被修建，即便如此，江户人也不忘植樱花以饰，这种度量，又岂是以电线杆为都市大森林的明治人可以比肩的？

如今的巴黎人依旧会在星期日带着全家老小出城，以青草为席，饮醇香红酒。而我们的新时代，却只是一味催赶人们打碎如画般的美好传统。

这两三日来信不断。信中还夹着诸如以谷川温泉旅馆或是

---

①芒特，法国巴黎市西北郊塞纳河畔内港。
②瓦兹河，法国北部河流。全长约305公里，发源于比利时境内的阿登山脉，流经法国的贡比涅，在巴黎西北部注入塞纳河。
③安特卫普，比利时的第二大城市，欧洲第二大港、世界第四大港。
④卡米耶·柯罗（1796—1875），法国画家。

海边松树为背景的照片。我知道，又到了那些朋友们出门避暑的时节了，而我依旧待在家中。

廊下的胡枝子越发长了，水晶般的朝露躺在柔软的叶面上。石榴花与百日红在午后的骄阳下绽放出如火般的明艳色彩，昏昏欲睡的浅色合欢花上淡红色的绒毛，随着黄昏的微风轻轻摆动。单调的蝉歌，不时响起的风铃声——都让我只想安静地待在这里。

二

莫泊桑在其短篇小说《龙多利姊妹》的开篇中，描写了旅行中发生的一些不愉快的事。

"……再没什么比换地方更无益了。在摇晃的火车上睡觉，我的身体和脑袋都难受极了。车厢的摇晃让我被腰痛折磨得醒了过来，睁开眼后，我觉得皮肤上满是污垢，各种灰尘飞入我的发间和眼内。我在四处漏风的餐车中吃了一顿难以下咽的饭。这些对我而言，都是称为旅行之娱乐中令人厌恶的序曲。

"若说这趟快车是序曲，那旅馆的寂寞便是正文了。虽说旅馆内人头攒动，但总还是让人觉得太过空旷。阴冷得有些恐怖的房间，怪异且冷清的床。床铺之重要度，于我而言胜过一切，可称人生的圣殿。将自己赤裸地置于羽绒被的温暖与床单的雪白中，能让疲惫的身体复苏，让心灵得到片刻安宁。

"恋爱与睡眠的时间。床知晓我们生命中最愉悦的时光。床是神圣的，也是地上最让人快乐与喜爱，最值得尊敬与热爱的东西。

"正因如此，每每于旅馆内收拾床上的毛毯时，我总会因厌恶而发颤。不知昨夜何人在此做了何事。莫非昨夜是个邋遢之人睡在上面？我总会忍不住想象那会不会是个总是被人指指点点的丑陋佝偻，或是个疥癣患者，或是个双手漆黑，一看便觉得双脚与身体也是沾满污垢之人，再或者是个满嘴蒜味，汗臭熏天，让人退避三舍之人。残疾人、传染病患者的寝汗、人体的各种污垢与恶心物充斥在我的脑海中。

"一想到自己即将钻入的这个被窝也许睡过那样的丑陋之人，我就厌恶得连一只脚都不想放进被窝了。"

这说的当然是西式旅馆。但日本旅馆较之也是有过之而无不及，不仅被褥中散发着同样的臭味，厕所和每天早上洗脸的水池，也堪称不洁之景。

厕所里可真是一言难尽啊。在家里时，完全无须"欣赏"陌生人早起时乱糟糟的头发和脏污的面庞，可一旦留宿旅馆，就必须穿着满是褶皱的睡衣，系着一根细腰带蹑手蹑脚地走入公共洗漱处了。

公共洗漱处常年流着水，所以地下长满了青苔，用手一摸滑腻腻的，在阳光下散发着幽光。被随手丢弃的半截牙签上挂着或绿或灰的顽固浓痰，似乎丝毫不打算流走。半腐的木板上依稀可见蛞蝓匍匐而过的痕迹。厕所的臭气充斥着每一处角落。

为了保持环境整洁，就连县知事大人下榻的当地最豪华旅馆也要征收一笔价格不菲的小费。若单纯只是小费的问题倒也无妨，可交过小费后，必会在乘火车离开前得到一份当地的特产作为答谢，而这些特产笨重且无用，却又无法当着旅馆老板的面丢弃，只得装进行囊带上旅途。日本旅馆另一点让人不快之处便是每日早晚都会有掌柜或是老板娘前来问候，出门散步也有女侍送迎，但这对于一个喜爱旅途宁静之人而言真是莫大的烦累。

来不及决定今年该往何处避暑，秋风便早早地刮进了八月初的院子。在暗淡更甚蚊香青烟的灯影中，眺望洒水未干的小院，邻家二楼的三味线琴声透过半帘传入耳中……夏季，大概是东京这座小城中最美的季节了吧。这种充满热带风情的日本生活最是让人活力倍增，心情愉悦。我一直相信，东京的夏季傍晚蕴含着一种其他人种闻所未闻的独特魅力。

虫笼、绘画团扇、蚊帐、青帘、风铃、苇棚、灯笼，以及如盆景般精致的诸多器物与饰品，又有哪个国度有过相同之物呢？平素看着单调、缺乏色彩的白木房屋与屋内的所有房间，反而会给人一种明快与轻松之感。不仅环境如此，夏季傍晚还有一大刺激景色，那便是日本的女人。身着浴衣，腰间一条伊达①细带，出浴后略施淡妆跪坐在地的迷人风情，其他季节又岂能欣赏得到？

夏季的傍晚，我沿着城中的护城河堤散步时，总会不由想起默阿弥翁在《岛卫月白浪》中所写的那句诗："日日银钩吊蚊帐。"也时常沉醉于三味线清元小调的姜宅情景中。

我还记得明治小说史上曾有这么一段逸话：观潮楼先生②在其名为《错染》的短篇小说中，用西鹤③风格的语言描写了浴衣及柳桥女子的恋情。当时一位名为正直正太夫的批评家用其最为擅长的 Calembour④ 讽刺道："先生的错染还真是染错了啊。"

虽已忘了具体的时间（二十三四岁时），但我确实在柳桥后巷的二楼度过了盛夏最为炎热的时光。当时是为了邀请那家相

---

①日本和服里的伊达缔，属于穿着时的辅助用品，用来固定衣服在活动时不会松散开。
②观潮楼先生，文学家森鸥外的别号。
③井原西鹤（1642—1693），日本江户时代小说家，俳谐诗人。原名平山藤五，笔名西鹤。
④意为俏皮话、双关妙语。

熟的姑娘去凉爽的地方避暑，才特意过去的。但照在窗外露台上的刺眼阳光阻挡了我的脚步，便打算待夕风乍起时再离开。露台上晒着的浴衣既有音羽屋格子①、水珠及麻叶莲等经典的花纹图案，也有一些新颖的纹样，都在河风的吹拂中摇曳翩跹。露台与窗子之间是一处踏板，上面放着凋零的夕颜与石菖蒲等盆栽，旁边还有一个玻璃的小鱼缸。八叠的房间里全部以涩纸铺就，没有壁橱的那侧墙壁前是一个精美的衣柜，柜子上的拉环排列得十分整齐。靠着马路的那扇窗户前面摆着四五个化妆镜。偶有微风吹开窗帘，狭窄马路对面的二楼格子窗便可映入眼帘。

　　女子的数量也有四五人，与镜台数量一致，正横七竖八地躺在地上，身上都穿着一件细腰带浴衣。嘴里虽然不停地嘟囔着"太热了"，却依旧如小猫一般三三两两依偎在一起，还不时逗弄一个安静的单独睡的人。"都让你不要摸我头发了，还摸！"一个怒声响起，但吵架声未起就已被窗外蜜豆小贩的叫卖声所截断，于是一人慌忙起身叫住小贩，一人倚在柱子旁弹拨着三味线，忽然叫住另一人道："怎么弹的？是从二这里开始吗？"

　　坐了躺，躺了又坐。一处放着翻了面的船形枕，一处扔着租来的小说和音乐练习书。宠物猫摇着铃铛爬上楼，大家纷纷

①音羽屋格子，歌舞伎俳优上菊五郎演出时的戏装纹饰。

摇晃着不知是谁丢落在地的红束带，逗弄着那只小猫。

我默默地看着这一切。一件浴衣便可勾勒出这些年轻女子的玲珑身段和柔软丰盈。我就像是在欣赏描绘了聚集于宫殿屋顶的土耳其美人的欧里扬·塔里斯特的油画，又像在欣赏歌麿的浮世绘，甘甜优雅的情趣让我沉醉，回味悠长。

明亮耀眼的阳光照进左右两侧的窗户，露台上白色浴衣随风翻涌，转身便可仰望清空明净，这份记忆至今还清晰地印刻在我的脑海中……

也是一个如此盛夏的正午时分，我沿着与批发商仓库相连的堀留町走向亲父桥，在一处商店檐下的阴凉处久久站立不舍离去，仓库间传来了三味线伴奏的长呗①声，与四周的景色融为一体，和谐至极。

那是个年轻女子的歌声，弦声是夹杂着高音的连奏。不知是那动听的乐声赋予仓库林立的小巷以勃勃生机，还是这小巷的景色刺激着我的幻想，让长呗听起来更有韵味，就连我自己也无法下定论。真正的音乐狂是在瓦格纳的音乐时，乐于抛开舞台上的一切装置，只认真欣赏音乐本身。但三味线有着全然不同的音乐性质，这是一种极为原始单调的音乐形式，绝不可能仅凭乐器的音色实现纯净的音乐幻想。所以，日本音乐总是

---

①长呗，曾称江户长呗。作为江户地区的歌舞伎音乐，于18世纪上半期形成。以细棹三味线作为主奏乐器的一种三味线音乐体裁。

需要周围情景的加持来提升音乐效果，这是不可或缺，也是不得不为的要素。

那是火伞高张的八月酷暑，万里无云的晴空湛蓝如洗，笼罩着下方干燥而满是污垢的仓库屋顶。小巷虽看起来笔直，实则内含许多不规则的迁曲。从单侧延续的仓库门口透过昏暗的仓库向内望去，可以窥见波光粼粼的水流正掠过后门的栈桥，汇入河堤下的水面，眼前的景色宛如从洞穴中窥探一般，煞是有趣。系着粗布围裙的装卸工人正蹲在河边的仓库口纳凉。路过的拉货马匹正奋拉着鬃毛，眯着眼呆立不动，似乎连赶走蝇群的力气都没有。运输公司宽敞的大堂里，只有一个年轻人正在账房和金库之间打着算盘，除此之外再无进出之人。两三只深灰色的鸽子正昂首挺胸地行走于炎热的屋顶上，姿态甚是高傲。绑在马嘴上的草料桶中不时落下些许麦壳，不知哪来的一两只迷路瘦鸡战战兢兢地走到马蹄间啄食，路上不见人影。干燥的空气间些许凉意微微涌动。

我走在这条素日理应繁忙不已的小巷间，此刻如深夜般的寂寞与那沉滞的氛围反而让我产生了一种新的趣味，吸引着我不断前行。被井然有序的仓库屋顶所遮掩的某个角落不断传来三味线伴奏长呗的歌声。炎天的明亮寂寞下，两把三味线的拨音显得那么悠长动听。

我从未如此刻般深切感受到"长呗"这一三味线中蕴含的

魅力。长呗的趣味有别于"一中清元"[1]，表现了江户气质的另外一面。无论拍子多快，手法多细腻，都无法掩饰其中蕴含的率直单调，曲调中无执着，少缠绵。但也正是得益于其轻快鲜明的曲调，让长呗在被称为俗曲的日本近代音乐中独占鳌头，稳居霸主之位。

我听着长呗三味线的优美琴音，幻想那位拨弦之人定是幸福的富商家小姐，她任性、好胜且优雅，她从未体验过端呗[2]中所表现的恋爱之辛苦与浮世之乏味，或是净琉璃中所表现的义理人情中的繁文缛节。虽是八月炎天，但我幻想中的那个少女依旧在黄绢的衣襟上系着红色的扎染带子。

虽行文漫无顺序，但我仍想再写一点关于夏天的记忆。

我曾带着两三个讨厌夏天温热自来水的下町女子一同前往目黑的大黑屋游玩，大概是由于我也想体现一下在山手深井水中沐浴的感觉吧。途中我们走到一条被茂林修竹所遮蔽的郊外小路，路旁的古朴小屋错落有致。透过半枯的杉垣，我忽然看到院中稀疏的花草间竖着一根竹竿，上面挂着一件早已晒干的女式浴衣，大概是被主人遗忘了。

这是一件即便是在下町也只能在特定的某些地方看到的粗花条纹浴衣。反复洗晒让它早已不复往日的色彩。这些下町女

①一中清元，净琉璃的一个派别，为京都的都一中所创。
②端呗，近代俗曲的一种形式，曲调自由且富于变化。

141

子所能看到的青色仅限于河堤旁的柳树，就连蝉鸣声也甚少入耳，终身所居不过一处就连火车电车都不通行的郊外贫穷小巷，耳听秋雨渐衰老，那是一种怎样的心境呢……思绪及此，一直以来只让我感到寂寥的郊外小镇，又徒添了几分人世间的零落、衰老与病死等特别的悲惨气息。

下町女子的浴衣最应该隔着灯火的微光，透过鲜艳的树木与花草之色来观赏。此刻的东京差不多也该迎来庙会了，站在河畔或附近的街道上观赏轻笼灯火油烟的夜空，更有一番别样的风姿。我依旧如往年一般留在东京。

八月，也快过去十天了……

明治四十三年八月

雨胜于花

在静谧的山手古院中，春花恰如中国诗人历数春风二十四度那般，梅花、连翘、桃花、木兰、紫藤、棣棠、牡丹、芍药依次绽放，随即又依次凋零。

绚丽多姿的色彩变换在明媚的阳光中燃起，复又消逝，正如凄美的爱情小说中美妙至极的一个个章节般，用轻柔的哀愁撩拨着我沉寂孤寥着凝望的心。

我的悲凉非因即将逝去的今春，而源于必将来临的明春——我虽不记得这是何人的歌曲，但我却记得一如南国之人更加钟情于秋美的莫雷亚斯·J.曾说过：于我而言，春日就与异彩之秋毫无二致。

天空日渐清澈明朗起来，再也不会出现午后赏花后的返程中总能偶遇的暴风。阳光也越发强烈了，虽觉黄昏将逝，但橙黄中渐染赤色的夕阳却依旧久久地高挂于挺拔橡树的半边树梢，与枝丫低斜的枫树枝头上。偶尔也有不知从何而来的亮光洒落于幽深的花草丛中，在泥土上留下斑驳的光影。就在这样的黄昏时分，仰望天空便可欣赏到冬日里绝无可能见到的美景，淡灰色的鳞云为斜阳所染，静静地飘浮在苍茫的空中，一阵甚至无法摇动草叶的微风勾引着饭后散步的人们，一路走向遥远的郊外，直至星光闪耀夜空。

随处可见如洪水满溢般的新绿，莹润的绿意在日光照射下，一直反射到客厅前紧闭的格子门上。午后，总有几个年轻女子坐在廊檐等处交谈，她们白皙的面容在日光的照耀下，恰如在夜晚灯光中翩翩起舞的舞姬一般。片片白云遮挡烈日的日子里，那一抹抹绿色反而更加鲜明透亮，对于陷入沉思的人们而言，柔软的绿叶中犹如蕴藏着某种难以言喻的幽雅之音。

我家古老的庭院昏暗狭窄。

莽莽树林似乎早已不堪繁茂枝叶所带来的重负，看上去苦闷忧烦，就连周边不可见的空气中似乎也弥散着这种压抑之情。一股不知究竟是来自西边还是东边的风，骤然出现却又倏然消失后，惹得绿伞般的幽暗树木掀起阵阵绿浪，仿若浮动的蛇鳞，望之不由骨寒毛竖。偶有阵雨袭来，就如冬日里一般，庭院的地面并未立即变得湿润。但一旦潮湿，泥土就如发泄积蓄已久的热气般，用暑热蒸着四周的空气，令人难以忍受。天空虽阴霾依旧，但竭力展开的嫩叶尖上挂着的一颗雨珠，却在从不知某处蓦然泻下的光芒照射下，焕发出宝石般的迷人光泽。石上的湿滑青苔间，树下的杂草丛里都有小小的花朵正在努力绽放，树丛阴处，一群在此躲避风雨的蚊群正如雨丝般轻轻飞舞。

风起云涌，强烈的阳光才刚降临大地，莓子就已步入成熟阶段。枇杷也已褪去青色，金色渐染，鸽子蛋般大小的无花果挂上枝头。背阴的树丛深处，只有青白相间的紫阳花静静绽放，却丝毫不得人们的喜爱，这个时节，院中可真是一点花色都不见。叶色也从碧绿逐渐转向墨绿，望之抑郁生厌。这座古老的院子也因此而显得越发昏暗了。

某日黄昏，附近的孩子们在内院的墙根边挖了一个洞，接着用长长的竹竿击落一地的梅子后便仓皇逃走了。我虽未吃过什么难以消化之物，可半夜却因突感腹痛而惊醒。屋外似乎已经受过大雨侵袭，但那时却只剩下雨滴的滴答声。屋顶枝头上悬挂的零星雨滴被夜风吹落，轻响落入我的耳中。这样的风中，梅雨不知何时洒落人间，也不明何时偃旗息鼓，只自顾自地淅淅沥沥下个不停……

我将家中的格子门悉数打开，远眺碧蓝的天空与翠绿的树叶，在午后的酷暑中尽享草莓与樱桃的甘爽，树叶在微风的拂动下发出沙沙的清爽响声，快晴的夏日让人越发迷恋。阴雨连绵的日子一如深夜般静谧，树叶纹丝不动，以往每日清晨便会如约而至的街道喧闹声、卖货郎的吆喝声如今已然销声匿迹。上午不过十点已如黄昏那般天色暗淡，远处寺庙里的钟声虽总被其他杂音所遮断，却依旧顺利地传入耳中，宛若亲眼看见一般。每个冬日的午后，寺庙里总会响起熟悉的钟声，于是我的心中不免涌现出一丝如同被唤醒的冬日悲凉，似乎这个尘世中已再无任何欢乐与色彩，而我只在一个充满无可挽回的悔意的倦怠世界中，孤独跋扈。

　　笔芯已无奈生涩，诗集的封面开始泛黄。墙壁与壁橱间涌出阵阵霉臭味，藏于首饰盒底部的昔日恋人来信上也多了几处虫洞。在蛞蝓匍匐的廊边，寂寥蟋蟀声声悲切。已近黄昏，湿寒的内室格子门我一扇也不愿开启。忍着薄暗站在廊边，细雨如丝从高空坠落于院中的树木之间，一如蛛巢般实实地包围着树木。万籁俱寂下，这雨阴冷得令人生厌啊。

Il pleure dans mon coeur

Comme il pleut sur la ville...

泪洒落在我的心上

像雨在城市上空落着……

　　这并非魏尔伦所吟唱的音乐般的雨。这首诗让人不由得联想起秋天的骤雨。但与此相反，被称为"现代第一悲情诗人"

的比利时的罗当巴克① 也曾写过：

Comme les pleurs muets des choses disparues,
Comme les pleurs tombant de l'oeil ferme des
morts.
如消亡之物无声的眼泪，
如溘然长逝之人闭眼时的最后一颗泪珠。

记忆深处的这首无色无声的彼国冬雨之歌被适时唤醒，与眼前的景色合二为一。

Notre me, elle n'est qu'un hallon sans couleurs,
Comme un drapeau mouill qui contre sa hampe.
人心因旗杆濡湿而下滑，
旗色灰暗，褴褛不堪。

一如歌中所唱，既无跳动，亦无闪耀。人心只是越发腐朽。
而对于这些近代诗人而言，悲愁苦恼中往往蕴含着任何事物都无法替代的一种快感。我就能在梅雨时节中感悟到不存在于其他任何季节中的一种特别的恍惚。那是一种绝望之心摒弃

---

①乔治·罗当巴克（1855—1898），比利时象征主义诗人、小说家。

美好事物，转而索取丑陋，企图报复自己情感的心境，每每此时，我就会去一个晴日里不曾去过的郊外贫民窟，或是马路后巷，或是游廊等地。远眺因雨淋而显得污浊的小屋灯火，竖起耳朵静静地听着不知从何处传来妻子被酒鬼丈夫殴打后而不停哭泣的嘤嘤声，或是被继母苛待的孤儿痛哭声。某个深夜，我扛着一把笨重的唐伞穿过伸手不见五指的山手小巷回来时，身后一直跟着一条抽泣的小狗，看样子是被主人遗弃了。回到家中入睡前，远处依旧可闻小狗断断续续的吠声，夹杂着绵绵不绝的雨滴声传入耳中，大概也是那条小狗吧……

雨，不时停歇。空中虽然依旧乌云密布，不见一丝缝隙，但阳光还是透过一二处薄薄的云层洒向人间，光影随着庭中树木的茂密程度而呈现出鲜明的浓淡之别，万物之色如黄昏般清晰浮现，敏感的心恰如不由得浸入深秋黄昏时分那般，开始驰骋于无边无际的幻想之中。天色阴霾，平日里墨绿色的树叶竟带上了一抹如秋日般的浅黄色，庭中的积水宛如一处处小池子，清澈透亮，折射出耀眼的光芒。紫阳花已经染上了浓浓的紫色，美得醉人。此刻虽无风，但光叶石楠篱墙上，已然泛红的去年老叶依旧随着雨滴纷纷飘落。

雀声变得有些嘈杂。这一季节特有的树苗叫卖声，拖着长长的节拍飘扬在空气中，如一首前奏般唤醒雨雾后的尘世生活。俄国面包的叫卖声紧随其后，好奇的孩子们兴奋地交相模仿着，声音从窗下一直延续到远方，由此可知面包货郎已经拐到巷子的另一头了。无论是冬雪纷飞还是山花烂漫的时节，马路上都被此起彼伏的喧闹声所充斥，但不用多久，入耳之声就会被屋顶滴落在白铁皮管道上的雨声所替代。我发现，刚刚飘落大地的毛毛细雨总是一如晴空般透亮，但不多久便会迅猛起来。

过于成熟的枇杷果落地成泥。厕所前的廊下种着一棵南天木，树上的花朵洁白如雪，总是一如房檐般含羞低头，即便是昏暗的雨天也依旧迎风怒放。我总会不由得回想起小时候乳母说过的话：此花不落，雨天不止……

十日菊

一

　　那是一个庭中山茶花开始凋零的时节。地震后举家迁往阪地的小山内君，与普兰敦社的社长一同进京拜访我。近年来，我一味养拙、懈于创作，两君之行似是要鼓励我重拾小说之笔。

　　我老旧的书桌抽屉内尚还存有二三份手稿，但均为凡作，难以示人，不过都是一些半途而废的书稿罢了。我实在不愿意再度取出这些废旧手稿继续创作，却更加不忍拂老友之好意。

　　冥思苦想许久终得一计。我决定就以箧底旧稿为何难以续笔为题，写一则《十日菊》聊以塞责。若读者能借此了然灾后重阳老友到访，不胜欣喜之意，那便是吾之幸了。即便为未完成的旧稿多加饶舌一事甚有些落伍，又有何妨呢？

二

　　侨居筑地本愿寺一带时，我曾奋力写过长篇小说，其名亦为《黄昏》。但只写了约百页的开篇后就搁笔停止了，那篇草稿一直被我扔在案下的抽屉中。四五年前，我移居到现在的家中，后来抽屉中的手稿被我一页页撕下，或做成擦拭烟管油垢的纸捻儿，或用于清理油灯的油壶或灯罩，百余页的手稿如今也已使用殆尽。不得不说，即便已经步入新时代，每每风雨过后停电之际，旧时代的方灯和油灯也是不可或缺的必备物品。

　　至于我为何要舍弃这上百页的草稿，原因在于我提笔正欲进入主题之际，忽然发觉女主人公的性格尚不丰满，还需继续观察。我写到女主人公从美国的大学毕业回到日本后，与一名女性文学作家坠入爱河，并在某妇女杂志于神田青年会馆举办的文艺演讲会上做了一场演说时，不由得搁笔叹息。

　　我之所以能在开篇洋洋洒洒地描写女主人公的老父亲等待爱女归来的心情，是因为自觉已经足够了解维新前后的人物性格，也自信绝无失误的可能。但与此相反，当时所谓新时代女性的性格、感情方面，我却总觉得若雾中观物，看不真切。我也知道以小说为借口，靠凭空想象来弥补观察之欠缺的做法十分危险。所以决定暂且搁笔，直至找到适合的原型为止。

我决定不管写成怎样的片段，脱稿之日必要邀请亡友哑哑子阅读拙稿，予以斧正。这也是我未登文坛前就已养成的习惯。

哑哑子在其还是个弱冠少年时，就十分喜爱式亭三马与斋藤绿雨的文章，他的理想就是成为不逊于二人的讽刺家，所以在指出他人文字弊病方面颇有造诣。他曾数出一叶女史的《青梅竹马》中使用了几个"ぞかし"①，也曾在红叶山人的诸作中发现反复使用同一警句的现象。哑哑子认为，当时文坛上文章最为鄙陋之人当属国木田独步了。

那年某个下雪的傍晚，电车司机同盟会密谋罢工事宜。本就终日不外出的我自然更不会知晓此事。艺伎的车子逐渐出入筑地后巷时，哑哑子突然来到我家，他说自己从蛎壳町下班后不得不冒雪步行前来。哑哑子时任每夕新闻社的校正系长。

"上次的小说写完了吗？"我领着哑哑子走向电车路轨旁的宫川鳗鱼馆时，他开口问道。

"还没写完，不过那小说不行。新时代女性文学已经脱离我的掌控范围了。总觉得自己在凭空捏造，人物也很单薄。"

两人走进宫川馆二楼的里屋，推开格子窗后，隔壁花匠白雪皑皑的庭院映入眼帘。我一坐下来便开始倾诉创作之苦心，哑哑子不时扬起长长的下巴听着。空腹喝了五六杯酒，忽然有

---

①古日语中用于句末表示断定的词。

些微醺地说："不用特意去听也能大致猜到女性文学作家的演讲内容。无非就是像个说书人似的满嘴瞎话罢了，这不就是艺术之所以被称为艺术的原因吗？"

"但不来一次实地考察又怎能放心呢？我就连小说中的女人该穿什么样的和服也毫无头绪。总不能大家都穿仿造的大岛绸吧。"

"我也不知道最近流行的那种仿造物叫什么名字。但赝品上只要写上'大正''改良'等词就可以了吧。"哑哑子总是习惯手握杯子。

"那些人穿的大概都是藤皮的驹下屐①吧？后部凹陷，行走时要附着一些乡间的红泥。十个大脚趾插入松弛的木屐带子里，行走时往往都是外八字，发出聒噪的咔嗒声。"

"还有一点要注意的，你要故意混淆'i'和'e'的发音。去电车里听听正在读小说的女人的发音，十有八九都是农村来的。"

"最近我也感觉东京话有些落伍了。不管是普通选举还是劳动交涉，似乎一旦离开农村方言，那些所谓的时事议论就显得有些格格不入了。纯正的东京语言是不是已经不能用于内阁弹劾的演说了？"

"不仅是演说，就连文学也是一样的。如果你不能运用一些罕见的方言来表达情绪和心情，作品就很容易落入俗套。"

---

①驹下屐，用一块木板旋制的低齿木屐。

哑哑子曾批判砚友社诸家文章大多过于疵累。如今的人们十分钟情于使用"发展、共鸣、节约、背叛、宣传"等流行语，但这些大都译自西洋词汇，吾人之耳实在难以接受。

"那些特别的语言大都是居住在东京的农村人造出来的。这种词汇之所以能流行开来，是因为越来越多的人已经疏远了旧式词汇。最近的年轻女子，看到暴雨袭来的时候，只会说低气压或暴风雨，却不知暴风骤雨。就连向车夫问路，对方也只会把岔路口说成十字路口，或说前面那条巷子。更甚者，连稻荷神①都不知道。把木匠花匠的完活一律说成'全部完成'，管'算账'叫'会计'，管'领取'叫'请求'。"

哑哑子半开玩笑地说着。不久后我让老板娘算了账，然后与哑哑子陶然地走下二楼。筑地大街的电车入夜后便停止了营运，此刻四周寂静无声，眼前是望不到尽头的雪白街景，我们撑着唐伞在雪中沙沙前行。我劝他在此留宿一晚，但他自诩有一副好腿脚，坚持要乘着醉意走回本乡，便踏雪向筑地桥方向走去。

三

同年五月，我于七年前写成的拙劣脚本《三柏叶树头夜间

---

①稻荷神，日本神话中的谷物和食物神。

暴风雨》，偶然被帝国剧场选中，上演了两场女优剧。也是从那时起我开始出入帝国剧场的艺人休息室，并有幸欣赏了剧场中诸多女优出浴时的娇艳姿态。不过仔细算算，帝国剧场自开办起，也已历经十年星霜了。

剧场竣工前，我就曾应邀与文坛诸位前辈共赴于帝国饭店举办的剧场晚餐会，后又有幸参加了首演晚会，这大概都是得益于时任《三田文学》编辑的缘故。而我却因个人褊狭的趣味，而在此后的十年间不停犹豫是否应该坐在剧场的观众席上。个中原因就不在此赘述了。

我想仔细说明的并非为何过去不大出入剧场，而是现在为何频频来此观戏。拙作《三柏叶树头夜间暴风雨》上演前，曾在乐屋进行过排练，那段时间里，我不仅深夜进入帝国剧场，还经常邀请一些女优到附近的咖啡馆共品香槟。所以一些飞耳长目之人便暗地揣摩我大概已经艳遇不断了。

此处无须解释巴黎寄来的明信片上描绘的那些闺房隐秘之事，我是否也曾经历过。我只是想着借与帝国剧场女优相处的机会，聊以呼吸现代的空气。向来只爱"蔺八"与"一中节"的我[1]，也想放下褊狭的旧趣味，倾听时代的新俚谣。我真能如愿脱下唐栈缟旧衣，追随新式结城绸[2]吗？

---

[1] "蔺八"与"一中节"都是净琉璃的流派。前者为江户中期净琉璃大夫宫古路蔺八所创始，后者为京都的都一中所创始。

[2] 结城绸，茨城县结城所产丝绸，织工精细，质地坚牢。

现代的思潮日新月异，如奔流般迅猛。朝尚新，夕已腐。槿花之荣，秋扇之叹，如今已非宫廷诗人的闲文酸语。我在上文就已提过，帝国剧场自创立起已历经十度星霜，如今这所剧场内外的空气真的足以观察时代趋势吗？这个问题只能仁者见仁、智者见智了。

中途搁笔的那则长篇小说中，为了找到一个合适的原型，我曾细心观察过帝国剧场的西洋歌剧与音乐会的观众席。我也特别留意过在有乐座观看西洋歌剧的观众。我觉得自己似乎已经逐渐对现代妇女的操履有了一定了解。与此同时，我对自己创作上的难处也有了愈加清晰的认识。艺术创作大都需要观察和同情。对作品中的主人公若无发自肺腑的同情之心，必会堕入单调无味的讽刺之中，而小说中的人物也只能成为作者手中的傀儡。新女性只能让我更加欣赏自己的辛辣观察力，除此之外再无其他，更不用说发自肺腑的同情了。我眼底的定见已经难以撼动，定见与传习的道德观均属于一种审美观，只有旷世的天才方能打破。

我眼中的新女性生活，与妇女杂志封面上石版彩色画几乎毫无二致。新女性的情绪，就好似穷苦学生为了乞讨而站在郊外新路的喧闹夜市上用小提琴伴奏歌唱一般。

大阪净琉璃最适合用于演绎小春、治兵卫①的爱情，而江户

———————————
①净琉璃《心中天网岛》中的男女主人公。

净琉璃则与浦里、时次郎①的艳事最为和谐。至于马斯卡尼②的歌剧，那就必须用意大利语歌唱方能留住韵味。

而如今的女子总是穿着一件羽织，绘着看似窗帘的花纹，双耳被发髻所掩，像蒙着一块大大的黑头巾，走在路上时常常拎着一个煮章鱼般的手包。只有与她们同一时代，能从心底产生共鸣的作家，才能生动地描绘出她们行走的姿态。

江户时代，为永春水年过五十岁才完成《赏梅船》，柳亭种彦六十岁依旧不倦于艳史《乡下源氏》的创作。凡文学大作，都并非仅凭文辞之才就能完成的。

四

侨居筑地本愿寺畔后起稿的长篇小说，对我而言除了用于擦拭烟油，已再无任何用处。

但我不会为徒费时日与稿纸而懊恼。我平生所用的草稿必为石州生纸而非西洋纸，因为一旦弃用便可化为拂尘的掸子。揉至柔软后还可在如厕后使用，纸质远胜于浅草再生纸。可见，废纸的价值远非仅用于罗列闲文字的草稿可比。

①净琉璃流派"新内节"《明乌梦泡雪》中的男女主人公。
②波特罗·马斯卡尼（Mascagni Pietro，1863—1945），意大利作曲家、指挥家。

之所以我总是苦口婆心地奉劝平生志于文学之士不用西洋纸与钢笔，正是希望他们也能明白应该如何正确处理废物。

　　早年间，在剧场的编剧小屋中，见习狂言创作的新人们要学的第一堂课不是如何写剧本，而是向老编剧们学习捻纸捻儿，其次才是拍子板的打法。我曾一度十分鄙视这一陋习，现在觉得这才是正确的学习过程。不会捻纸捻儿就不能装订纸本，更别谈写剧本了。古语道："工欲善其事，必先利其器"，这自是理所当然的。也有人说，如今操觚者中只有生田葵子与我二人坚持使用日本纸了，但其实亡友哑哑子也是终生不曾用过钢笔。

　　晚年的千朵山房寄给《明星》杂志的草稿，以楷行交替的毛笔字体写在无格的十六开和纸上，清劲畅达，可见创作时必是文思泉涌。

　　我常搬家，但每次都会携带一棵栀子树种在新的院子里。这并不单是为了赏花，更是因为撷其果实便可用作草稿打格子的颜料。每年临近冬至的时候，熟透的栀子果红彤彤的挂满枝头，饱满欲裂。斜阳照耀的冬日庭院中，我听着小鸟急切归巢的鸣啼声采摘栀子果。寒夜孤灯下，我在炉火上架起一个破旧的土锅，搓着冻僵的手静静熬煮栀子果，那种难以言表的情趣甚至远比使用栀子汁打格子，执笔创作时的心境更为清绝。因为此时，我不仅无暇顾及闲事，更无须因雕虫之苦，推敲之难而感到气息苦短。

今秋幸免灾祸的庭院中早已迎来了冬天。我搁笔看向窗外，斜阳半挂，栀子通红如焰，静待采撷之人……

大正十二年癸亥十一月稿

枇杷花

洗脸水日益冰凉沁身，气温日渐下降。繁忙的午后，更能清晰地觉察到白昼时间已在缩短。翻看日历，距离年末的日子已经所剩无几。此刻窗外菊花已萎，山茶花也已凋零殆尽。阴日傍晚，若骤然起风，更有种已入寒冬，万木萧条的错觉。残留于树梢高处的一两颗柿子已经干枯，沾染秋霜的叶片几乎散尽。百舌鸟、鸫鸟、薮莺的婉转啼鸣屡屡传入耳中，这个季节，是该枇杷花开了。

　　枇杷花并非纯白。不论花色大小皆如团簇相拥的麦粒，盛开的花朵总是丛生于枝头的大叶之间，远远望去，难以辨别哪些是花蕾，哪些是嫩芽。这花远不如辽东楤木那般整齐。

　　我家的篱笆边就长着一棵枇杷树。

　　大正九年庚申①五月末，我从筑地搬来此处。厨房窗台下堆

①即公元 1920 年。

164

满垃圾的泥土中，长着两三棵不知是树还是草的嫩芽，看起来甚是可怜。我便选了一处阳光适宜，又不容易被人踩踏的地方，将那嫩芽移了过去。其中一棵没多久便枯萎了，另一棵像是梅树，还有一棵枇杷树，两三年后，枇杷树的叶子与枝条逐渐长开，形态逐渐清晰。许是从前住在这儿的人，不经意将青梅和枇杷的核，从厨房的窗户扔到了外面。我便将它们当作自己定居于此的纪念，欣赏它们每年的变化与成长倒也不失为一件乐事。

大正十二年，日本大地震后的第一个秋日，那枝丫尚嫩的梅树幼苗，被熙攘进出的人群反复践踏，最终枯萎凋零，枇杷抽芽早于梅，是以那时已有三四尺高。仔细算算，震灾至今竟也过了十二个年头。光阴荏苒，枇杷树暂时被我遗忘直至今年梅雨季节的某个晴日。那日，我沿着种有石楠和丝柏的木栅栏走着的时候，不经意间发现了枇杷成熟的黄色果实，岁月流逝之快真是令我震惊不已。

就在我注意到枇杷果实的第二天，树枝上的枇杷就尽数被附近那几个前来捕蝉的顽皮孩子偷摘了去。夏去蝉逝，秋尽虫鸣绝，转眼间落叶纷纷的冬日来临。我眺望着枇杷枝丫上无色的花朵儿，猜想着待到来年果实成熟后会是怎样一番情景。今年都已经到了十一月底了。

欣赏枇杷花时，我忽然想起一则鸟居甲斐守的逸事。鸟居甲斐守是在老中水野越州进行天保改革时，曾任江户町奉行一职，广遭怨恨，被称为酷吏。其名燿藏，讳忠辉，号胖庵，是祭酒林述斋的二公子。弘化二年十月获罪被贬为平民，一直关在赞州丸龟领主京极氏的藩地内。那时的鸟居甲斐守已年过五十。岁月匆匆，二十五年光阴如梭。至明治戊辰年，德川氏奉还大政，丸龟藩自然也就无须承担监视幕府罪人之责，他赦免了甲斐守之罪，欲让他返回江户。但甲斐守却冥顽不化，言吾乃德川氏之臣，既获罪于幕府，若非幕府赦免绝不离开。丸龟藩无奈之下，向新政府申请下令赦免鸟居甲斐守。后来，甲斐守亲自前往静冈新藩主德川氏处求取赦免，这才白发孤身飘然回到东京。

甲斐守起初于弘化二年①冬幽禁于丸龟属地时，某次将吃完的枇杷核随手扔到窗外。二十五年后，他再次来到静冈，枇杷核已然长成了一棵参天大树。甲斐守手指此树，对藩中之士说道：此树乃我被幽禁于此的纪念。后来他笑着说，如今若无大用，那便砍来烧火吧。这则趣事是我在角田音吉氏的印刷版《水野越前守》上看过的。

我并非史学家。亦不欲借鉴古今之事，论评人物之成败。只是看到陋室之庭中那棵由枇杷核长成的参天大树时，不由得回顾岁月流逝，感叹时势变迁罢了。

大正八年秋天的某个黄昏时分，我与亡友井上哑哑子散步

---

① 公元 1845 年。

的途中，初次敲开了这扇陋室之门。起初，我们看到了卖家登在时事新报上的广告，便一路询问着从饭仓八幡宫穿过我善坊谷的小径，然后登上了悬崖陡峭的小道，走到市兵卫町大道。山形饭店门内站着许多正在交谈的外国人，身上的衣服看起来像是军装，询问他人才知，原来这家酒店被租给捷克斯洛伐克国义勇军的军官了。从悬崖上俯瞰，箪笥町的洼地里，树木间随处可见茅草屋顶。黄昏时分的市兵卫町大街上既无车行，也无人影，只见初升的月亮斜挂在路旁高耸的老树梢上。我通过头顶的这轮夕月推算大致的方向后，便朝饭仓八幡宫方向的电车路轨走去。

爱宕山的山麓处放着一块写着"法兰西航空团"的告示牌，但那个年代的飞机远不像如今这般往来频繁。登上灵南坡远望，就连美国大使馆的围墙外也不见半夜站岗的巡警。灾后，银座大道再次种满柳树时，时势骤变，再也听不到风月场所老板成为众议院的候补议员之类的无稽之谈了。那时，就连咖啡店的门口也时常挂着一些铠甲武士玩偶作为装饰，古董店的销售广告上也出现了"廉价销售珍品炮列之商策"等文字。

我素喜记载日常见闻的世间事，却不欲试下是非之论断。因为我知道，自己的思想与趣味是属于早已逝去的废灭时代……

陋屋之庭中，野菊已然萎谢，望着尚且无色的枇杷花，我依旧反复低吟那句古诗："羁鸟恋旧林，池鱼思故渊。"我的身体，正如眼前的草木般徒然渐以老朽。

167

来青花

棠棣花早已飘落，新树的阴影忽然暗淡，盛开已久的杜鹃花开始褪去颜色，松林渐绿，金色的花粉如烟般飞舞。五月上旬已过。若有喜爱花卉之人恰巧此时来访我家这座废宅，就能嗅到蝶影翩翩的闲庭中飘浮着异样的脉脉花香。这香气既非梅与梨般的高洁淡雅，也非丁香、蔷薇般的清凉舒爽，更非百合般的浓香恼人，或许有人会觉得这是邻家厨房里正在烤苹果或者熬煮蜂蜜。其实这便是往年先考来青山人由沪上带回来的一种江南奇花，这花总是乘着初夏的清风带着浓郁甘甜肆意散发着香气。起初，我们将其种植于花盆之中，后又移入地下，不久后便长出了繁茂的枝叶。二十年后的今日，此花已与来青阁的屋檐等高，青阴也已足以遮蔽秋暑的夕阳，常保窗边阴凉宜人。这是一株常绿树，其叶似冬青，园丁呼之含笑花，但我不识含笑花。一日，于座右翻阅"萩之家"先生的辞典，上面写着这是《古今集》三木中的一个古称，实物不详。可见园丁之话亦不足为凭。我时常反复咏吟先考的诗稿，但无一首诗篇记述此花。就连母亲也不知此花之名。我便将此花命名为"来青花"。五月熏风清扬门帘，门外不时传来卖树苗人的叫卖声，听起来悠远绵长。青苔上落满了满庭树影，让人顿感清夏之逸兴骤至。每年我都会取出先考所藏的唐本古籍，放在来青花旁曝晒、诵读，不知不觉日头西坠。来青花大小如桃花，其花分六瓣，其色非黄非白，恰如琢磨后的象牙色。花瓣甚厚，轻染胭脂色，若佳人之红指。花心较大，形似菊花，带着一抹偏紫的胭脂色。一花落罢一花开，五月过后，便是六月的霖雨之季，来青花的花期也就此终结。我与此花相对而坐，闻着空气中馥郁的香风，秦淮秣陵的诗歌便会不觉涌入胸中。我试着借菩提树之花幻想北欧牧野田园之景，借橄榄树之花幻想南欧海岸之风光，紫丁花香让我仿若置身于美丽的巴黎庭院。月夜下，胡枝子与芒草的花影宛如一幅水墨画，任谁都会联想到我国诗歌俗曲之洒脱与风致。面对茉莉素馨之花与这一来青花时，我总会想起先考日夜赏读的中华诗歌、乐府、艳史等书。先考对中华文物怀有深深的景慕之情，南船北马遍历中国十八省犹未尽兴。遂将异乡花木移植园中，以为余生悠然之乐。凡爱一物便会苦苦追寻。这大概就是所谓的入三昧之境。自省吾身，疏懒成性，实在令我感到愧疚至极。

故里今昔

昭和二年冬，我去酉日 ① 集市时发现山谷堀已被填埋，日本堤也已拆毁近半。堤下通往大音寺前的曲轮外大道正在扩建，石块散落一地无法行走。穿过吉原进入鹫神社境内，鸟居前的新路已经竣工，我那时才知道，原来已经有很多往来于三轮的电车和公共汽车穿梭于此了。

未待今年昭和甲戌之秋的"公娼废止令"发布，吉原的游里就已于数年前灭亡。一旦失去这一旧习与情趣，这一著名的老街也算是名存实亡了。

若说最大限度地还原了昔日江户吉原曲轮旧貌的，当属山东京传 ② 的著作与浮世绘了。而诸如一叶女史的《青梅竹马》，广津柳浪的《今户心中》以及泉镜花的《订货簿》等小说，也

---

①此处指十一月的酉日。
②山东京传（1761—1816），江户深川人，通俗文学家。

或多或少地描绘了一些最后的残影。

明治三十年的春天，弱冠之年的我初次来到吉原游里。这一年正是《青梅竹马》刊载于《文艺俱乐部》第二卷第四号、《今户心中》刊载于《文艺俱乐部》第二卷第八号后的第二年春天。

当时的游里一带，除了浅草公园对面南侧是千束町三丁目外，其他三个方向都保留了最为自然的水田、竹林与古池等原始风貌。二番目狂言舞台上常见的布景，以及江户剧场中时常听到的"吉原皆麦田，无端悲人心"，或是"箭上草人弦，直指吉原町"等俳句，都能在这里切身感受实景。

被净琉璃与草双纸激发出最初文学热情的我们，总是难以抵挡曲轮外静谧街町与田园风光散发出的动人心弦。

那时，我站在种着迎客柳的大门外河堤上远眺东方，眼神越过地方今户町的低矮屋顶，看向田园对面小塚原妓馆的后门。河堤的正下方是屠牛场和头绳工坊等，与山谷堀隔着一条小河。种满了鱼腥草和大红花的岸边，生长着茂密的灌木，看上去与银柳颇有几分相似，河上架着几座诸如发洗桥①等腐旧的木桥。

走过迎客柳，沿着河堤上行半町，从左边的小路下坡后便到了龙泉寺町，这里便是《青梅竹马》开篇第一回叙景文的原型了。游女居住的污秽长屋沿着道路旁的铁浆沟一字排开，透过长屋间的缝隙，江户町一丁目与扬屋町间的紧急门清晰可见，

---

① 一作"纸洗桥"。

妓馆的木户门上都吊着一段刿桥。稍稍向北拐个弯，穿过长屋走上半町就能走到四辻，那里设有火警瞭望台。之所以称此处为大音寺前，是因为四辻的西南角处坐落着一处名为大音寺的净土宗寺。在十字路口北转，经过龙泉寺大门后，前方便是千束稲荷了。西边的正前方是三岛神社的石墙，再往前走便是阪本大道了。每晚，前往吉原的人力车都会摇晃着提灯路过这条大道，《青梅竹马》的作者就曾准确数出了人力车通过的频率："一分钟七十五辆"。

长屋稀稀落落，道路也很宽敞，两侧水流潺潺，石桥高架，河畔坐落着许多以茂竹为娴雅垣篱的人家。我听闻著名的料理屋田川屋就隐藏于其中。《青梅竹马》里的龙华寺，以及早熟少女美登里所住的大黑屋里那间小屋等，大致就位于这一带。每路过此处，想到残破的寺院、风雅的小门都被作者原原本本地写入书中，我都会朝门内多看两眼。江户时代的赏枫胜地正灯寺也在大音寺前，但庭内的枫树早已枯尽，此前散步路过时也曾仔细看过，如今门内仅有一棵枫树还尚存着几分昔日的残影。

即便是如今这个昭和年代，大音寺也依旧位于酉市鸟居的斜对面，也还保留着当时修建的佛堂，只是周围的景色早已翻天覆地，尽管已向周围路人再三确认，也不禁怀疑这并非原来的那处寺庙。明治三十年前后，我读《青梅竹马》与《今户心中》时也曾信步于此，总觉得当时大音寺的寺门并非如今电车轨道旁的石柱高立之处，朝向也似乎有所改变。如今的寺门朝东，过去则是面北而立，是在一条小路的尽头。但那些记忆也已模糊不清了。犹记得当年的西市鸟居是在大音寺前的十字路南面。转弯后就能看到隐藏于一栋栋小房子屋顶后方的吉原医院了，道路的另一侧则是一望无垠的水田，水田的尽头是太郎稻荷的森林。吉原田圃也在那里，又称后田圃或是浅草田圃，或是直接称为田圃。

廓内京町一丁目、二丁目的西侧有一处与齿黑沟相连的娼楼，那里的后窗可是欣赏吉原田圃全景的最佳地点。所幸《今户心中》曾详细描绘了娼楼眺望全景图：

朝阳在忍冈和太郎稻荷森林的树梢上洒下光辉。入谷处有一半被雾霭所包裹。远望吉原田圃，皓白皑皑，一片银装素裹，苍茫之景。鸟群打着圈儿飞向南方，上野森林里的乌鸦也开始发出阵阵嘶哑声。大鹫神社旁的田圃中，白鹭接连不断地飞向空中，一只，两只，三只……为明日的西市而新搭建的小屋中走出三两人。铁浆沟水早已结冰，就连秋末的水泡都保留着清晰的模样，大音寺前的温泉水浩浩荡荡，阵阵烟雾随风飘散。一声汽笛震耳欲聋，那是从上野驶出的首班火车，它即将绕过山冈驶入根岸，进入天王寺的森林后，头顶的浓烟就会消散不见。

读完这段文字，再看看如今从松竹座通往曲轮的水泥新路，以及从隅田川岸通往上野谷中的东西两条大道，又有谁会想到十年前这里曾是成群的白鹭自由翱翔之处呢？就连写下这段文字时，我的心中也不免涌起了一阵沧桑之感。

"忍冈"是上野谷中的高台。"太郎稻荷"曾是柳河藩主立花氏的别院，自文化①年间开始繁荣兴盛。别院拆除后，社殿与周围的森林依旧保留于浅草的月光町中。但我首次寻来此处时，发现就连社殿也不过是徒有其形的小型祠堂罢了。说到"大音寺前的温泉"，想必大多数人都会认为这并非普通的澡堂，而是一处兼营料理店的旅馆吧。此处温泉究竟叫什么名字，已经无从得知。那个时期，说到著名的温泉胜地，就不得不提入谷的"松源"、根岸的"盐原"、根津的"紫明馆"、向岛的"植半"和秋叶的"有马温泉"等温泉旅馆了，不少游客会带着艺伎一同入住。

《今户心中》刚刚出版时，坊间传言此书是以京町二丁目的中米楼殉情事件为原型。但中米楼的主业是艺伎茶屋，而《今户心中》里却不见任何关于艺伎茶屋的字眼。犹记得当时书中所写的能看到后田圃与刎桥的娼家，除了中米楼符合外，京二

①文化，日本年号，公元1804—1818年。

的"松大黑"与京一的"稻辫"两家也是如此，其他均为低等艺伎小屋。

《今户心中》之所以能够成为明治文坛的一大杰作，永远留在读者的心中，不仅是因为作者用细腻的笔法描绘出了书中所有人物的性格与情绪，更是因为作者用精湛的文笔将整个妓楼生活描绘成了浑然一体的风俗画。全书始于酉市前后，终于年末大扫除。作者选择了一个最佳的时间背景，同时展现了吉原的风俗与殉情主题，可见其用心之良苦。在此，我摘录最后一节与诸君共同鉴赏。

小万满脸泪水地捧着照片和遗书跑进二楼的吉里房间，此刻吉里一般都不在屋里，里面只有怒目相向的阿熊和男秘书等四人。小万走到上层房间后，从窗户向外看去，太郎稻荷、入谷、金杉一带已是灯光点点，远处的上野更是亮起了鬼火般闪烁的电灯。

次日午时前后，浅草警察署在今户桥附近的空地上发现了吉里向阿熊借来的衣服，并在附近的隅田川河岸上发现了娼妓穿的室内草屐和男性的麻草鞋。（略）阿熊哭着将他葬在米箕轮的无缘寺中，小万差阿梅到牌位前供奉"七七"香华。

从日本堤的尽头右转，沿着田间道路前行一两町后，便是米箕轮的无缘寺了，此处又称净闲寺。明治三十一二年时，我因扫墓去过那里一次，但见堂宇朽废，墓地荒凉。这所寺庙向来便是病死游女或是因殉情而被家族遗弃者的葬身之处。死于安政二年震灾的游女供养塔赫然入目。其他的小石碑早已淹没于荒草之间。我自年少时就听说过这座寺庙了，因为官户座剧院的演员们曾提起为新鸳鸯冢供奉香华之事。新鸳鸯冢出现于明治十二三年，是人们为了纪念品川楼的游女盛丝与内务省小吏谷丰荣二人的双双殉情而建造的。（我曾听故老提过，龙原寺町的大音寺亦为游女埋骨之处，昔日蜀山人还曾以当地方言为某位游女撰写过碑文。我曾特意找过两三次，但一直也没找到那块墓碑。）

三四十年后再度回想日本堤尽头与净闲寺之间的风景，竟有种恍如隔世之感。堤上的风光有别于大门一带，那里既无揽客的游女，也无车夫或行人，只有一排高耸的大朴树，堤下竹篱环绕、池水潺潺的娴雅庭院透过朴树的枝丫隐约可见。河堤左右皆为连绵不绝的水田，水田的尽头是另一条河堤，只是被铁路所挡，无法看清。遥望东方，可以看到小冢原的巨大石地藏背部。若我不曾遗失当时的游记和日记，还能不顾读者厌倦继续描绘。

上文已经详细说明了游廊附近的街景，接下来就该是南边的浅草风光了。从吉原至浅草的主要道路有两条，一条是出大门后，在河堤处左转前行二三町，经过土堤上的平松料理店旧址后，在常盘牛肉店前走下斜对面的河堤后，不久就能看见浅草公园十二阶下的千束町二丁目大道和三丁目大道。另一条是先走到河堤尽头的道哲寺一带，然后在田町处下行拐到与马道相连的大路上。那个年代尚无电车，千束町二丁目大道和三丁目大道上满是往来于游廓的客人。

沿着道路走下河堤后左侧便是曲轮，几条巷子里都设有异常门，还有一排排车夫和游廓居民等生活的长屋。这景色与《青梅竹马》中描写的大音寺前道路几乎完全一致。不远处是一条小河，河上有一座石桥，河流的两侧分别是警察岗亭与料理屋。四周逐渐繁华喧闹了起来，公园附近的商店与食肆数量都明显增加了许多。

地震前，市川猿之助君在这条马路的西边住了许多年。据说他总在酉市的晚上大开家门，为往来行人提供酒菜以图吉利。也曾听说一直到明治三十年左右，庭院的后面还是一片田园。在那以前，浅草通往吉原的道路上除了马道便只有田间畦道了，这一点只消看看地图便知。

《青梅竹马》和《今户心中》创作之时，东京市内尚未开始改建，因此既无电车也无电话。因此《今户心中》一书中从未出现过娼妓打电话的情景。东京的每个角落都保留着原始的面貌。例如，永代桥边和两国一带，无论风土人情还是商业特征均有各自的特色。吉原的游里也是如此，一直延续着传统的风俗形态。

明治三十四年，泉镜花的小说《订货簿》出现在《新小说》杂志上，早在明治五年至明治六年，一叶与柳浪的小说就已问世。那时，二六新报筹划的娼妓自由罢工运动早已沦为世人之笑柄，但游里的风俗依旧如故。这一点从《订货簿》中的人物和事件上便可探知一二。

《订货簿》中描述了住在廓外宿舍里的娼家女儿因为一把剃刀而刺杀爱人的故事。齿黑沟旁的阴郁小巷，巷子里以制作和贩卖娼妓日用品为生之人的生活场景跃然纸上。书中一段描写磨刀店及店老板的文字，是作者创作出的第一段精彩内容。我觉得这就像《今户心中》以年末为背景、《青梅竹马》以残暑之秋为舞台，每一部作品中都蕴含着特殊的风趣，《订货簿》也是如此，作者将故事发生的时间定为一个飘雪的夜晚，不得不说这真是一个十分巧妙的手法。素喜白雪掩埋的日本堤风光与大门外风景的鉴赏家，也认为一立斋广重的版画与镜花子的笔致如出一辙。

我记得明治三十六年开始，电车就完全取代了铁道马车。尽管世态人情发生了翻天覆地的变化，但吉原依旧如一处世外桃源般保持着昔日的旧习，就连每夜娼妓揽客的现象也未被禁止，赏樱和仁和贺活动也依旧如期举行。

那以后的五六年间，我四处漂泊，居无定所，一直到明治四十一年的秋天重回故地，不由想起了曾经的浪荡子生活。仲之町出现了啤酒馆，街上早已失去"秋信先通两行灯影"的美丽景致。路旁少了揽客的游女，五丁町中一片昏暗，土堤上的人力车也少了许多。明治四十三年八月的水灾和翌年四月发生的大火让游廓早已不复往日风光，逐步沦为今日的陋巷，泯然于世。放眼如今的文学杂志，即便出现了一些描写游里的小说，也再不会出现足以与当年杰作相匹敌的作品了。

明治四十二三年之后，游里的光景与风格就已无法催生那一时代作家的创作灵感了。这是因为无论是一叶、柳浪还是镜花，笔下人物的境遇和情绪都与江户净琉璃中的人物十分相似。而且，这些人物皆非源于作家的趣味，皆是以真实的人物为原型。换言之，在三四十年前的东京这片土地上，文学作者的情绪与现实的生活之间存在着一种今日难以想象的和谐关系，正是这种和谐，成就了无数的名家经典。

明治三十年代的吉原地区，确实与江户净琉璃中叙事诗的风貌极为相似。《今户心中》《青梅竹马》《订货簿》等诸作也正是抓住了这种叙事诗般的元素，从而在描写上大获成功。《青梅竹马》第十回中的一节足以证明我的感受。

春天里樱花绽放，玉菊似灯笼般高挂。入秋后就要迎来新仁和贺了，到那时每十分钟内就会有七十五辆汽车在路上呼啸而过，狂言剧不知何时已结束。田园里的红蜻蜓忽上忽下，横渠里的鹌鹑很快就要欢快啼叫了。早晚的秋风中带着袭人的寒气，上清店里的蚊香就要被手暖炉的炉灰所替代了。石桥的田村屋中响起了孤寂的舂麦声。角海老①的大钟声声哀戚。日暮时的火光四季不绝，飘起一阵阵犹如焚烧尸体般的苍白烟雾，令人见之悲切。茶屋后面的土堤小道上，三味线的靡靡之音传来，仿佛是一位仲之町的艺伎正在弹奏诸如《思君不寐夜沉沉》等艳歌，曲调悠长哀切。一位曾经的游女说过，这个时节开始，出入妓馆的恩客多了许多，其中也不乏出手阔绰的富豪商贾。

一叶之文，其情调更是与柳浪之文毫无二致。二家之作虽形式不同，但叙事诗般的情调却是如出一辙。单看《今户心中》第一回的数行便知。

灰暗的空中万里无云。农历二十四日的明月尚未升起。仰望似被注入魂灵的璀璨星光，不由生出一阵寒意。电灯让这座城有了不夜城的美称，屋檐上方的灯光在马路上投下一道道影子，却无法改变霜枯三月的凄凉。大门到水道桥畔一片寂静，就连茶屋二楼的喧嚣声也不曾听见。

后日便是初酉十一月初八了，今年气候稍暖，所以无须里三层外三层地包裹自己。但深夜的初冬寒气依旧如故。

①角海老，吉原最有名的妓楼。

角海老大钟刚刚敲响了十二点的钟声。京町大街上一个人也没有。角町大街上倒是不时能听见巡夜警察的铁棍声。悠扬的笛声在巷子上空盘旋，路边小摊上闲聊的人们也都散去了。

室内草鞋在廊上发出空洞的回声。桌上的剩菜被纷纷撤出室外。遥远的三楼回荡着小伙计的高声喊叫："喜助盖饭！喜助盖饭！"

游里的光景和生活中弥漫着一种如净琉璃般的哀调。这种哀调不是小说家凭借自己的趣味和写作技巧捏造而得，这种哀调也不只在花街游里出现。昔日的东京，无论是在繁华的下町还是静寂的山手町，都蕴含着一种不时触动人心的力量。沧海桑田，繁华的近世都市被噪声与灯光所充斥，旧时的哀调早已烟消云散。人们生活的音调也已发生了翻天覆地的变化。三十年前的东京尚还残留江户时代的生活音调。而其最后的余韵恰恰就在吉原的游里。

游里的存亡和公娼的兴废不于此处论及。不知今日，是否还有人怀揣时代复古之梦，以尊古典希腊的艺术呢？

甲戌十二月记

手抓饭

曾担任过深川古石场町警卫团的杂货店老板佐藤，刚刚从 3 月 9 日半夜空袭的漫天火光中艰险地逃脱出来。这会儿他逃到了葛西桥附近，头巾下赤红的双眼不停地眨着，引水渠堤坝上的草绿色、潺潺的流水，这才让他意识到自己是捡回了一条命。

　　他已完全不记得自己是怎么逃出来的。慌张逃难的人流把他和妻儿冲散了，他已嘶声寻了一路，却依然无所获。眼下他不知道自己身在何处。彻夜狂啸的西南风卷起漫天的硝烟，就这样他被人潮推搡着，进退不得，呼吸不得，只能任由人潮将自己往溃散方向推挤。等他觉得能自如呼吸和行走时，已经疲惫得一步也走不动了。他一屁股蹲了下去，怎么也站不起来。挣扎了一会儿，他才发现原来是因为背上沉重的背包，佐藤卸下塞满衣服和食物的背包，摇摇晃晃地站起来。四下望了一圈，这才明白自己究竟身在何处。

宽阔的道路缓缓向上延伸，与桥上的栏杆连在了一起，头上是一望无际的晴空。还在肆虐的狂风尖啸着卷起路上的沙土，似乎欲将堤坝旁火后幸存的光秃树干和只剩下焦黑梁柱的小屋吹倒。救灾物资投放处，满面尘土的男女老少都挤在一起，有的在照顾伤者，有的在一脸平静地吃着东西。两辆载满巡逻员和护士的卡车从桥的对岸朝他们所处的废墟开来。呼唤、叫喊的喧嚣声夹杂着随风飘荡的幼儿哭声，让四周更显凄凉悲惨。每次听见附近传来这种声音，佐藤就会错以为那是自己走散的妻儿，便立即寻声奔去，连脚边的背包也顾不得了。这种情况不知重复了多少次。

　　随着朝日明耀地照下，越来越多的人从四面八方涌来，但佐藤一个也不认识。他口渴难忍，又在寒风中站了许久，便决定重新背上背囊，姑且先去桥边的渡口处。宽广的水路无限延伸到入海口，桥下有几艘尚未烧毁的渔船，三三两两地停靠在枯苇之间，隔着缓缓的流水，对岸繁茂的松树林、树木一派平和。桥上、堤坝上、水边的沙地，挤满了惊魂未定的人们。佐藤走到水边，解下头巾卸下背包，先洗了下双眼，拍去烧破的衣服上的尘土，然后放平两条僵硬的腿，啪的一声就地躺了下来。

　　这时，一位背着大包裹的少妇走了过来，她的手里还抱着一个四五岁的小女孩，女孩的头上包着头巾。少妇用布裹着双颊，粗布裤子上满是泥土，满是血丝的眼睛不停地眨着。她蹲

189

下来问道：

"请问东阳公园方向还是没法通行吗？"

"我也不太清楚啊。那边还烧着火呢！您家在那附近吗？"

"是的，我住平井町。一家子拼了命地逃了出来，但走散了。也不知道该去哪儿问。"她哽咽地说道。

"现在到处都这么乱，估计一时半会儿也打听不到了。我的妻子和孩子也走散了，正不知道该怎么办。"

"唉，原来您也这么惨！真不知道我该怎么办啊！"少妇终于忍不住大声哭了起来。

"没办法，您有没有什么可以暂时落脚的地方？"

"我娘家很远，在成田。"

"成田吗？那最好去町会那边开个证明。我也正想休息一会儿就去那边看看。我家在古石场。"

"我在行德倒还有个合适的去处，也打算去那儿看看。"

"行德不远，走路就能到。总比附近的避难所要好。我也有个熟人在市川。只是那边不知道现在是什么情况，我想先去那边看看再说，反正现在也跟乞丐没什么差别了。唉……"

佐藤孤独无助地望向狂风呼啸的天空。

此时，堤坝上传来了叫喊声："请大家到町办事处去取供应餐。"

佐藤与市川一家制作、批发笊篱和筐笼的老板有生意往来，平时关系也比较好，便向他借了间屋子。平日他给这位老板的工作打下手，或是把附近人家做的竹扫帚背到东京去卖。每次去东京时，佐藤都会顺便去原本的街道打听妻儿的下落，可仍然杳无音信。他想着，哪怕她们已经遇难，至少也要知道她们的葬身之地吧，可四下打听也依旧无果。

未遭战火之苦的市川町，迎来了那年的夏季。国府台森林的嫩叶日益青翠，真间川堤坝上的樱花不知何时也已凋落殆尽。某日，佐藤像往常一样背着笊篱，挑着捆好的扫帚，从省线浅草桥车站走了出来。到桥头时发现火灾那日早上，与自己一起在葛西桥下吃过配给的饭团后就此分开的那位少妇，似乎也从同一辆电车上下来了，此时正走在他的前方。

佐藤不由得想起了那天的事情，于是从后面叫住了她。

"好巧啊，那天真是太谢谢你了。"少妇转过身，显然也想起了那天的事情。仔细一看，比起葛西桥下初次相见时，今天的她显得更加年轻貌美，而且身边也没带着孩子，所以看上去就像是个年方二十二三岁，待字闺中的姑娘一般。半遮半掩的头巾下是一张垂着卷发的小脸，肤色嫩白，嘴唇微翘，真是仪态万千。身上的那条粗布裤子虽然是由旧衣改制的，但被她洗得很干净，背着四角包袱，看起来不是去采购，就是和自己一样来兜售物品的。

"你已经回这边来住了？"

"没，还是在那边。"

"那边，是指行德？"

"是的。"

"那么，那之后你也没收到任何消息吗？"

"唉，不知道更好，警察说估计和一大堆尸体一起烧掉了。"

"听天由命了，我这也是石沉大海啊。"

"我们只能认命，遭遇这一切的不只是我们一家。"

"是的。至少你的孩子还是平安无事的，你看我……"

"每次想到那天，就觉得像是在做梦一样。"

"你找到了什么好生意？"

"我就到处卖卖糖果，有时也卖蔬菜。至少得赚些钱养活孩子。"

"我也是。行德和市川相邻，要是有好的生意我就通知你。你地址呢？"

"南行德町某某藤田家。乘坐去八幡的公交车可以经过那里。在相川站下车后打听一下就能找到了。是一户农家。"

"那我下次问问。"

"我在洲崎车站前的邮局存过些钱，现在还能取出来吗？"

"可以取的。受灾者在任何一个邮局都可以取。只要有存折就行。"

"可是，存折被我丈夫带走了。"

"这就有点麻烦了，我如果路过那边，就帮你问问。"

"真不好意思，老是给你添麻烦。"

"你现在是打算去哪里？"

"想去上野看看，据说广小路和池之端那一带没被烧毁。"

"那我要不也跟你一起去那儿转转看吧。据说下谷和上野一带也没被烧毁。"

时间合适，天气也好。于是，二人边说话边在未遭大火的几个町里四处叫卖。生意竟意外地好，走到山下的时候，糖果只剩下一点了，扫帚全卖完了，笊篱也仅剩下三把而已。二人在停车场前的石阶上坐下，打开携带的便当盒，再次一起吃起了饭团。

"你觉得那天的饭团怎么样？当时要不是那么狼狈，还真吃不下去。米又生，里面还掺着很多沙子，我真是从没吃过那么差的饭团。"

少妇把自己盒中的酱油炖煮玉筋鱼分给佐藤，并问他好不好吃。她说附近的浦安可以捕到不少玉筋鱼，所以就经常拿来当便当的小菜。作为回礼，佐藤也把自己的水煮豆分了些给她。

自妻儿失踪后，佐藤还从未这么愉快地聊天吃饭过，这么一想，不由得开心了许多。

"那个，你今后怎么打算？不会这辈子都孤身一人吧？"

"我也不太清楚该怎么办。目前只想着先填饱肚子。"

"填饱肚子肯定没问题的。"

"男人只要能赚钱就一切都好说，女人，特别是带着个孩子的女人，可就不太好办了。"

"所以，你，怎么打算？我也一个人，你也一个人，不是说缘分是件奇妙的事情吗？那天那个早上我们一起吃了供应餐，你不觉得这就是奇妙的缘分吗？"

佐藤徐徐劝说着，一边不停地观察她的神情，怕自己的话惹她不高兴。

少妇没有回答。但也没有任何惊讶或为难的表情，始终脸色柔和地，嘴角含笑地听着佐藤的话。

"你叫千代子吧？！"

"是的，千代子。"

"千代子，你觉得如何？可以吗？我们一起过过看。我们一起努力赚钱。虽然不敢打包票，但我想战争不会持续太久的……"

"确实得早做打算了。"

"你以前是做什么生意的？"

"开过洗衣服店。也有很多老主顾。但是战争爆发后就越来越萧条，而且我又不会喝酒……"

"是吗，你丈夫很能喝酒？我倒是烟酒都不行。论起这一

194

点，我是绝不输给任何人的。"

"这样子挺好的。喜欢喝酒的人往往不知不觉就会喝醉。而且还会认识狐朋狗友……虽然现在说这些也没什么意义了，不过那段时间真的让我非常痛苦。"

"都说酒后乱性，而且一般还会加上赌博。"

"确实是真理。原本我们住的位置就不太好，离繁华地段非常近。"

"能理解。那岂不是非常痛苦？"

"是的。真的是一言难尽啊。我那时经常想，要是没有孩子就干脆一走了之算了。"

四周人头攒动，排队等着买火车票的人们，来往运送行李的受灾者们络绎不绝，但此刻两人都视而不见。佐藤突然握住了千代子的手，但并没有用力拉她，而千代子也主动靠了过来。

休战后，每个城镇的停车场附近，都摆满了各式各样的地摊，人们迫不及待地想要赚钱养家糊口了。

佐藤和千代子二人，在省线市川车站前的原商店街空地上占了个位置卖关东煮。因为他们本就与当地人相熟，所以佐藤在杂乱无章的众多席棚中，得到了一处最好的位置，最靠近车站出入口，人们出了站抬脚即到。

新年伊始，银行便冻结了存款，人们因此而惶惶不可终日。

但对按日计酬的工人和小摊贩而言，物价的高涨反而正中他们下怀。街道上的商店天一黑就关了门，户外的小摊倒是每晚都开到 11 点左右。

某天，这些户外小摊依旧如往常一般开到深夜。一个男人携着女伴站在了佐藤那个小摊的锅前。男子戴着鸭舌帽，穿着夹克和牛仔裤。女子则浓妆艳抹，头顶大波浪卷，用绿色的围巾包着双颊，身上穿着斜纹外套。

"欢迎光临。要来一杯吗？"看到客人后，佐藤边取出酒杯边问道。

"好的，但不要混合酒。"

"这可是好东西，您尝尝就知道了。"

"那真是太好了。"男人又拿出一个杯子，让女的也喝了一杯。

"你觉得呢？那块玉，顶多就一半吧。"

"我也觉得。刚才不好意思当着人家的面说，所以才没开口。"

二人显然不想让别人听见，所以很小声地说着话。这时，千代子将一堆乱糟糟的东西收拾到一旁后，侧身走进店里。她每晚哄睡孩子后，就会来店里帮忙。昏黄的灯光下，千代子与站在锅前的男人打了个照面。

二人的脸上，都闪电般地出现了惊讶与错愕的神情，但似乎都不想引起周围人的注意，所以很默契地闭口不言。

男人迅速从口袋里掏出一捆纸币，问道："结账，多少钱？"

"三杯酒。"佐藤看了下关东煮的小碟子，"一共是 434 日元。"

"不用找零了。"男人扔出五张百元的钞票后，立刻拽着女人的手走了。外面一片漆黑，风声萧萧。

"好了，开始收拾吧。"佐藤用两只手端起大锅后放在地上，锅里还漂浮着些卖剩的关东煮。一旁的千代子却一副心不在焉的样子，一直看着越走越远的那两个人，脸上更是一副惊恐不安的神情。

"老公。"

"怎么了，脸色这么吓人。"

"老公，"千代子靠近佐藤说道，"没错，还活着。"

"还活着？谁啊？"

"还有谁，那个人啊，老公！"千代子握着佐藤的手说道，声音悲哀凄厉，"是那个人，没错的。"

"那个人？你之前的丈夫吗？"

"是的，老公，怎么办？"

"不是跟了个像是娼妓的女人吗？"

"不知道是不是真的？"

"看起来像是做黑市买卖的，估计明天还会再来吧。"

"要是来了怎么办？"

"什么怎么办，现在主要看你怎么想的。要是让你重新跟他过日子，你要跟他过吗？”

"不要。你不也知道吗？我上个月起就没来过葵水了。"

"我当然知道。不过我有我的办法。我会好好跟他说的。"

"他会乖乖接受吗？"

"他不得不接受吧。你和他虽然有了孩子，但并没有注册登记过。而且我也给老家的人写了信，也做了准备。他没有理由不接受我的说法。"

二人回出租屋的途中，也一直在讨论如何拒绝前夫的要求，最后决定必须尽快让千代子入佐藤的户籍，一日都耽搁不得。

次日，二人惴惴不安地等了一整日，前夫也没有出现。两天、三天，不知不觉一个月过去了，但前夫自那以后就再也没有出现过了。

转眼进入夏天。小摊上撤去了关东煮和红小豆年糕汤等食物，开始卖起了刨冰，盂兰盆节渐渐临近。一个晚风依旧微凉的晚上，千代子在关门时恍然间看到了一个陌生的人影，她担心那是黄泉路上彷徨的鬼魂，于是顶着个大肚子，带着孩子去中山的法华经寺给鬼魂超度，顺道向神社内的鬼子母神祈求平安生产。

一日，佐藤去新小岩町备货回来时说道：

"那男子，果然如我所料，是从事色情行业的。那边有五六十家吧。大概都是从龟户逃来的无家可归之人，毕竟那场大火太可怕了。"

"咦，是吗？龟户啊！"

"龟户"这个词，似乎让千代子想到了什么。

"他似乎很早以前就跟龟户那边有联系。不过，你怎么这么了解？"

"后边是田地，前面是南来北往的大路。之前那个女的在洗一件吊带衣服，我很好奇就看了眼，结果看到你前夫正在店门口修着沟板。"

"你进店看了？"

"不走进去认真看看怎么知道？为了你，花了我七十日元茶钱呢。"

千代子也不在意，第二天早早地就去法华经寺烧香了。

梅雨晴

读森先生的《涩江抽斋》，见抽斋一子优善与其友相谋，窃父亲之藏书以做酒色之资时，不禁为过去的错事惭悔至极。

天保年代抽斋之子所做之事，与明治末年我的行径大抵相仿。抽斋之子为自己取名飞碟，登剧场之高坐，唱念做打，泛舟于大川，演皮影戏。我作为落语家朝寐坊梦乐的弟子，为自己取名为梦之助，跟随先生四处演出，每月随师父变换剧场，用浅黄色的包袱皮包住幕布，背在肩上。那还是明治三十一二年的事，因此彼时电车尚未开通。

那时只有井上哑哑子认识我。遗憾的是哑哑子于今年六月初突发疾病，并于七月十一日清晨离世，享年四十六岁。

二十年前我与哑哑子的关系，恰如抽斋之子与其某友人的关系。

六月下旬的某个少有的梅雨晴日，所幸凉风习习，我到东大久保西向天神旁的哑哑子家探病。哑哑子的枕边放着一本有朋堂文库本的《先哲丛谈》。哑哑子精通英德双语，但晚年只钟情于汉文书籍，更对如今的文坛新作嗤之以鼻，常为言文一致^①之陋而愤慨不已。

我对哑哑子说了今日所看的抽斋传，感慨书中的情节与吾等放荡子的曾经是何其相似。当时的哑哑子已是面容憔悴，形近枯槁，与一个月前的模样简直判若两人，但言谈风采倒是依旧如故。我们一直聊着旧事，直到夏日的夕阳照在他的枕头上。内子知道我们的谈话必定涉及许多奇怪之事，便一直躲在后堂。庭中养的一只鸡还穿过走廊进入病室，啄食盘中的点心，而我们二人却对此置之不理，只顾继续着我们的话题。

白天我在外语学校学习中文，晚上就会偷偷到剧院去。当时的哑哑子还是第一高等学校第一部的二年级学生，已在校内的宿舍中住了一年，每日从位于饭田町三丁目藜木坂下对面的先考如苞翁家来我所居住的一番町看我。某天夜里，剧院休息，我想那大概是月底最后一日吧。我吃过晚饭后去拜访哑哑子，走到九段坂灯明台下时，看到一个男人身负重物喘着粗气上来。未通电车前的九段远比现在更加陡峭昏暗，借着路旁人家的灯光，我一下子就认出那个身负重物之人正是哑哑子，因为他突出的颧骨和高耸的肩膀，以及戴着眼镜的模样很是与众不同。

---

①指日语使口语和书面语一致的文体，亦指日本近现代为此目的的运动。

"你背着什么呢？"我出言向他询问，哑哑子显得有些狼狈，并未马上开口回答。要是在巷子或是大路，估计他会扔下重物落荒而逃。

"你莫非是要搬家？"

听出我的声音后，他明显松了一口气，卸下肩上的重物搁在砂石上后，忽然用一种命令的语气说道："帮个忙，重死我了。"

"这是什么啊？"

"我偷了当铺。"

"天哪，你真够厉害的啊！"我不由得拍手叫好。哑哑子自从进了高中后便爱上了烈酒，但很少会与我和另一位旧友岛田同流合污。今晚竟突然有此壮举，我不禁赞扬了他几句。

"什么书？"我问道。

"《通鉴》。"哑哑子答道。

"《通鉴》就是《纲目》了吧。"

"是的，《纲目》就够重了。你觉得《资治通鉴》我一个人能背得动吗？"

"这可是很难借到的书啊。《通鉴》中又以《览要》为好。"

"这些够我们看一晚上的吧。"

我们蹲在路旁休息，顺便闲聊着。多亏了一起学习汉语的岛田同学，当时的我们已经对汉文书籍的种类和价格有了些许的了解。在此，我要对岛田的身份略加说明。岛田单名一个翰字，自取字为元章。是著名的宿儒篁村先生的二公子，也是我们自小一起上学的挚友。翰曾一时被世人称为神童。就在我们还在学习汉语教科书《文章轨范》之时，翰已开始涉猎唐宋诸家之典籍，尤谙王荆公之文章，其性情骄悍，不守校规，除汉文外，其他所有课程均被其视若草芥，每每考试悉数落第，终为学校所弃，提前授予了毕业证书。当时只有我与翰二人在初中便被强制毕业。吾事不在此言。翰连平日的书信也多用生僻汉字书写，以为难同辈为乐，但也的确让我于他日颇感裨益。每每倦于研究西洋文学，我就会把目光转向汉文学，特别是阅读清初诗人的随笔书牍等时，也未在解意方面感到困难，这不可谓不是已故翰君之赍赐。

哑哑子拿出《通鉴纲目》之时，翰也特意从家中取出了书籍。但翰取来的书与哑哑子拿出的《通鉴》《名所图会》①以及我带来的《群书类从》《史记评林》、山阳的《外史》《政记》等截然不同，据说都是珍本。似乎还有一些罕见的先哲诸家手抄本。后来闻听岛田家发现藏书丢失后，又从市内的书肆中陆续买了一些回来。

森先生的《涩江抽斋》传中，记录了其子优善私自取走的藏书中的一部分，后被岛田篁村翁收入其书库之事。若翰拿出的珍本中果真也有弘前医官涩江氏的旧藏，那可真是世事变化

① 《名所图会》，江户时代末期刊行的通俗地志及绘画体裁。

无常啊。

明治四十一年，我从海外归国又见岛田时，他已是《古文旧书考》四卷的著者，且在中日两国都享有极高的声誉。某日，他邀请曾经的挚友——我与哑哑子，前往新桥的一处酒馆，并为我们介绍了俳人兼藏书家洒竹大野氏。当时，岛田与大野氏谈到位于北品川的涩江后代家中，依旧藏有许多珍本，并约我择日同往。事实上，涩江氏为珍本收藏大家一事，我早就从森先生的书中有所了解。哑哑子与二人虽约我同行，但那时我兴趣之书除了新刊洋书外再无他物，故而推辞没去。过了不到三年，我欲对古书加深了解时，精通古书的岛田却因此而误身，早早离开了人世。

话题回转。那一夜哑哑子运出的《通鉴纲目》五十余卷，由我们俩一起抬着，在富士见町大路左转，拐入一番町后往前走了两三间商铺后，送入一家挂着"篠田"灯笼的当铺。

我曾托出入我家的车夫媳妇偷偷借过这家当铺的账本，自那以后便时常出入此处。后来哑哑子和岛田也成了这家当铺的常客。

夜风渐寒，月末将至。许是天色已晚的缘故，格子门内的小屋中一位客人都没有，以铁棒为界的榻榻米上，那位熟悉的三十岁左右，面容憔悴的掌柜正在支使伙计折叠衣服。我们走进小屋后，把包着书籍的包裹卸下，然后边喊着"一二一二"，边拖上榻榻米。这期间掌柜都默不作声，似乎压根儿就不认识我们。拖到半路时，包裹的绳子松开了，五六本书籍从包裹中掉了出来，我随口说道："这些，给十日元吧。"

掌柜照例把我们当作走投无路的公子哥儿，嘿嘿一声后笑道："这些书可到不了那个价儿，都是些不值当的破烂玩意儿。"

"嗯，你先姑且数数一共几本再来开价。"

"就算是成套也不成，没什么好商量的。换作是别的客人我早就直接请出去了……"

"到底能给多少，不必如此刁难我们。"

"这个嘛，两块，不能再多了。"

我与哑哑子原打算先说个十日元，估摸着他也不能砍掉一半吧。听完他的开价后，我们面面相觑，却什么也没说。特别是哑哑子，不仅要为今夜的大胆行为饱受良心的苦痛，更要一路小心地掩人耳目，听到自己一晚上的心惊胆战与艰难困苦只值区区两块钱，满脸难掩的失望之色。嘴里虽叼着一根卷烟，却迟迟忘了点火，良久后才说道："拜托，能再多给点吗？"

"下次我们一定多送点来。"我也跟着恳求道。

为了这《通鉴纲目》，我们又多扯了半个小时的嘴皮子，这才从掌柜的口袋里多掏了五十钱而已。

"这点钱着实不经用啊。"

"去新宿也没用了。"

走出当铺后，两人叹息着沿着大路走向招魂社的鸟居方向。从万源料理屋的二楼传来醉客的放歌声。我们下意识地往那个方向走去，我忽然醒了神，连忙扯了扯哑哑子的衣袖。万源对面有一条艺伎家新道，道路拐角处有一家烟草商店。听说店主人也兼做为邻居放贷的业务。我家向来与店主相熟，借个五块十块的想必不成问题。但总是要寻个什么由头才好呢？

　　哑哑子沉默着思忖了一会儿说道："就说朋友从吉原牵马来此，遇到了一些突发状况需要用钱，甚是可怜，请务必帮个忙。"

　　"好，姑且试试看。"说罢我让哑哑子待在原地，自己则将鸭舌帽藏入怀中，做出一副狼狈的模样跑进那家烟草商店后急忙说道："晚上好，我有一件急事要拜托您帮忙。"

　　之所以把帽子藏起来，是要营造出一种朋友牵马来家中找我，我怕家人发现，连平时总是随身携带的帽子都忘了取，便着急忙慌跑出来求助的假象。

　　事情进展得很顺利。我们两人喜气洋洋地走下九段坂，朝着北廓飞奔而去。

　　人力车与轿子的世界早已远离，但放荡公子的享乐生活却亘古不变。放荡公子借诗文之美以蔽丑行之嘴脸古今皆同。扬州十年痴梦，一觉醒来发现，自己除了赢得青楼薄幸之名外，再无任何价值。病床上的谈话偶及樊川诗文，其后便不再继续。

　　爬上走廊的鸡未遭驱逐，却又返回庭中频频呼朋引伴。对于日暮觅食的鸡而言，盘中的点心也许过甜吧。

　　如今哑哑子已经仙逝。生前所作的俳句文章中不乏妙语佳句。他为自己取号为不愿醉客，这大约是模仿了白居易的醉吟先生之号吧。他的著作《猿论语》《酒行脚》《里店列传》《乌牙庵漫笔》均是醉后挥毫写就。

　　我再读子之遗稿，并期待有朝一日能向世人介绍之。

大正十二年七月稿

骤　雨

骤雨是一种与银鱼、红嘴鸽、火灾、争吵以及富士筑波远景齐名的东京特产。

浮世绘中也有不少描绘骤雨的作品，且无一不是以一种诙谐的笔法呈现出东京别具特色的市井风貌。而锹形[1]的《祭礼图》则堪称其中翘楚，画中描绘了一群青年男女因骤雨突袭而将花车舍弃于路边，仓皇逃离的狼狈场景。其次当数国芳[2]的御厩川岸雨中之景。

狂言稗史的作者常以骤雨作为男女相识的契机。清元派净琉璃中就有一句"我们相识于骤雨，我们相爱于雷鸣"。这便是著名的《骤雨》曲目。常盘津小调净琉璃中有一曲《钵木》，相传为二代传人治助所作，我虽闻其为模仿《骤雨》之作，但遗

---

①锹形蕙斋（1764—1824），浮世绘画师。
②歌川国芳（1798—1861），浮世绘画师。

憾的是至今也未曾欣赏过。

那时我暂居于浅草代地河畔。某日我乘电车从筑地前往茅场町的途中，前一秒还是赤日炎炎的天空，瞬间墨云翻涌，少时，一阵骤雨袭来，白雨跳珠四下飞溅。经人形町来到两国时，隔田川上，望湖楼下已是水天一色。我一如往日般脚穿一双晴日木屐，出门时也并未带伞，因此无法步行走过柳桥，只好缩在电车之中等待骤雨偃旗息鼓。开过浅草桥，尚未进入须田町时，电似火蛇，风雨交加，乾坤黯淡。九段过后，及至半藏门时雨后初霁，彩虹悬于空中，宫沟的垂柳苍翠欲滴。东京虽不宜居，所幸偶有佳景可赏。

巴黎的盛夏没有骤雨。晚春五月时节，红男绿女们纷纷前往郊外赛马。一阵骤雨袭来，惹得粉阵红围一阵杂沓。我记得左拉就曾在他的小说《娜娜》中描绘过这种场景。

纽约倒是偶有骤雨。盛夏的某个傍晚，我在哈德逊河畔绿荫处漫步时，就曾在码头的泊船中避过骤雨。

中国描写骤雨的诗词不胜枚举，其中最为脍炙人口的当属苏轼的《望湖楼醉书》，此外还有唐代韩愈的《夏夜雨》、清代吴锡麟的《澄怀园消夏杂诗》等也是耳熟能详。可见中、日两国的风土人情是何等相似。

我那断肠亭内，仆人纷纷离去，园丁也鲜来修剪花木。是而庭内树木疯长，密而遮轩，阶上青苔满布，荒草没过墙根。

出没庭院的鸟雀昆虫逐年增多，庭中荒芜一片，瞧着令人生厌。骤雨来时倚窗远眺，平日从不畏人的小鸟正仓皇入林，那情景瞬间令我心情大好，偶尔会与刚刚飞出鸟窝的小麻雀一同蹿进屋内，也算对我无聊生活的一种慰藉吧。

海洋之旅

Homme libre, toujours tu chriras la mer.

Baudelaire.

自由之人哟，你是否深爱着大海。

——波德莱尔[1]

一

　　昨日，我从长崎归来。八月中旬，我乘坐横滨开往上海的汽船，途经神户、门司后，在长崎上岸，后翻过群山到达茂木港，在游览过横跨海湾的岛原半岛后，再次从上海乘船，途经同样的大海，同样的海港后于横滨登陆。这两周时间内，我能

---

[1]波德莱尔（1821—1867），法国19世纪最著名的现代派诗人，象征派诗歌先驱。

见到的除了大海，就只有岛屿、海角、岩石、轮船和云彩了。现在也依旧沉浸在浓厚的海洋气息和浓烈的色彩之中不可自拔。

就连我自己也不明白为何要选择号称火炉的长崎作为盛夏旅行的目的地。或许只是因为想看更为宏壮的风景，我想尽可能地远离自己居住之地。正因如此，我没有坐汽车前往内陆的山间，而是选择泛舟于大海。大海代表着无限的自由。我在东京时也经常乘坐隅田川的渡船，离岸后泛舟水上，身体随着水流而晃动，那是一种何等的快感啊！我深切地感受到了一种因绝缘陆地世界而生出的慰藉和寂寞。

为了品味这种慰藉与寂寞，我漫无目的地在横滨码头登船离岛，漂泊于大海之上。夏日晴空的刺眼烈日、形态奇异的云峰、浩浩荡荡的海浪、悲壮的帆影，海洋上的一切都是那么自由宽广，让我的心也感到无比快活。这两三年来，社会与艺术的激烈变化压迫着我，令我无比苦恼。我能感到心底那股人类特有的淳朴温厚真性情，也正逐渐走向湮灭。我希望自己衰弱的身心能在雄厚有力的海上空气中恢复健康，让我能以一种更为柔软、温暖的心态看待自己和身边的一切。

观赏内陆的名胜古迹时，总会为自己强加一种赞美历史的义务，这也让我感到有些惶恐。而大海中只有纯朴的色彩之美，所以大海果然是无限的自由之处。领略过大海的自由宽广后，即使回到内陆的都市中，也会觉得那些曾让自己内心激昂澎湃

217

的争论，都已成了不值一提之事，最终随风飘散于地平线下。新剧场和新桥梁的建成，或是各个剧场中如雨后春笋般喷涌而出的新艺术剧目，那些都曾经让我感到无比愤怒，如今想想自己真是愚蠢得可笑。一旦领略过海上博大的自然之美，陆上不足挂齿的艺术纷争又怎能入我之眼。

　　逐渐隐入海平线的夕阳发出让我沉醉的迷人色彩，波浪如利齿般吞噬着海角的岩石。苍翠的海岛上立着纯白的灯塔，山脚下是一座座落寞的渔家屋顶，船舷上不知名的火光在黑暗中闪烁不停，船夫敲响了夜半的钟声，却总透着一丝悲伤。不同种族的旅客与我一同漂流于海上，我还从他们口中听到了对日本的批判。驶入热闹非凡的海港后，各种新鲜的声音，各种轮船和各个国家的旗帜让我耳目一新。我用心看着、听着、感受着四周的一切，感悟生存之美好，我甚至兴奋得想要高歌一曲。夜深人静时，我独自一人倚着船舷，凝视着幽暗的海水时，"死亡"这个念头总会在我的脑中慢慢展开。我深切地感到，自己对这美丽星空下的人生有着一种深深的眷恋，这让我不禁悲从中来。

　　海浪每撞击一次行船，我就觉得自己的内心也随着波涛一起流向遥远的未知之境。昨日是海，今日也是海，第四日的清晨，我终于到达了狭长海湾深处的如画之城——长崎。

二

长崎是座如京都般绝美而寂静的城市。城内随处可见石道、土墙、古寺、墓地与参天古树。街上繁花似锦,树梢上苍翠欲滴的叶片看起来比东京更加鲜艳,就连蝉鸣声也是大不相同的,所到之处皆是蝉声,仿若夏日傍晚的阵雨般冲刷着我们的耳朵。潮热的晴空下,卖水果的女人正在声声叫卖,每个踏上这片土地的人都会不由感慨,长崎犹如一片远离日本本土、中国以及西方各国的世外桃源。从马尼拉来长崎避暑的美国军人,在丸山游廓夜夜笙歌,庄严的古寺钟声从长崎的四面八方传来,两种声音的相互交融,让这座本就充满奇妙异国情调的城市更添了一份独特的韵味。

每次登上长崎,都会有一种全新的体验,那柔美的钟声我竟还是第一次听到。到达长崎的第一个黄昏,炎热的太阳终于坠入西山,空气如凝滞般的沉寂,就连树叶都不曾被吹动过。就在这样一个鸦雀无声的黄昏时光,我从海岸沿着护城河堤走过外宾一条街,来到位于丸山旁大德寺内的高台茶馆远眺港口的风景。突然一阵梵钟之音响起,似乎是在两三处不同的地方同时撞击后传来的声响。长崎城、入海口将这里围成了一个宛如圆形剧场般的丘陵地带，让钟声在传播的过程中变得更加悠长柔和，余音缭绕，不绝于耳。一声接着一声，似在互相追赶一般毫无间断。严丝合缝般的余韵在灯光闪耀的海湾上空不断盘旋，我不禁后悔自己为何不早点来到此地。我不应再居于东京，应尽早了却俗缘，忘却曾经的繁华一梦，在这片衰颓祥和的长崎土地上，开始全新而愉悦的生活……

这里有的，不只是钟声。在城内信步时，我突然感悟，原来最适合我居住的地方既非日本，也非中国，更非西洋诸国，而正是脚下这片长崎的土地。数不胜数的长崎古寺土墙上长满了爬藤植物，寺前石阶上的棱角亦在岁月烽烟里消磨殆尽，楼门更是摇摇欲坠，一股浓厚的古朴之感迎面而来。与那些曲学阿世的学者煞费苦心雕琢而成的历史古迹不同，这里丝毫感受不到那种压迫感。此地的历史就如同悬挂于山手天主教堂墙上的油画中描绘出的宗教迫害史一般悲壮惨烈，因锁国政策而偃旗息鼓的大和民族雄飞之梦也在此地留下了印记。在此之前，每每遇到诸如这般令人扼腕叹息的历史与壮阔河山，必会让我生出消极负面的感慨。而长崎的风景却带给我一种难以名状的愤恨与神秘的色调。由于长期在海上漂荡，接触了许多国外的空气，所以此刻我的内心虽然充满了如同置身于京都中一般的悲凉感，却不如京都般灰暗与狭隘。中国风的五彩轻舟在碧蓝的海面上，在灰白色的石桥下随波轻荡。洋人、中国人和日本人的孩子们在蔬菜市场四周嬉闹着，跑来跑去，十分热闹。稻佐和丸山的女子们用日语、俄语和英语聊着她们的一夜风流。岸边的酒馆中，黑奴们弹着钢琴，而葡萄牙的姑娘们则轻摇慢摆地随着旋律扭动着腰肢。沿着熟悉的石阶和石板道走到尽头，每一户人家的房屋虽古老却坚固，看起来煞是精致。道路虽狭窄，却无家乡东京的山手地区般车马肆意畅行的情景，也无东京下町地区般全年无休地清理自来水与燃气，不停挖沟修理的烦恼。在这里，我可以信步前行，所到之处皆是风景。车夫和小贩们大多都很友好，不似东京一般骄横无礼。

这让我深深地感悟到，所谓选取，所谓新兴其实是何等的残忍，而我竟是那么怀念曾经的静止、满足和衰颓。

眼前种种不由得令我想起曾经在北美西海岸都市时的那段悲惨生涯。彼时的心情与今日在东京时的心情是一般无二。物价高涨，但百姓却只能得到粗劣的物品和食物，贫乏的生活自然无力支持礼仪的美观，人们为了达到目的而不惜使用粗暴的手段。在这种社会中，偏狭的道德标准被众人所嗤，集体行为也常被个人私行所阻。无论在日本还是美国，我对这种充斥着人种迫害行为的社会，都是尽量避开的，所以百无聊赖之下就只能独自一人在新大陆海岸一带的幽深松林中散步。那时，我第一次生出了"大自然是何等公平与温柔"的感慨。

离开横滨后，我在海上度过了寂静的四天，绵延数百里的长崎风光，给我厌恶东京的心灵以莫大的慰藉，上文业已多次阐述，此处想必也无须再重复。距离归程船只的到来还有三天，于是我突发奇想决定去更远的地方走走。我在旅馆的旅游介绍中看到了一处名为岛原小浜的海岸，便背上行囊前往那里了。那是一处距离上海、马尼拉和浦盐不远的著名观光地，对于无法前往日光箱根等地旅游的洋人来说，那里便是对他们无法感受日本风景的唯一慰藉。

我与其他几位外国游客一起乘坐蒸汽小船，越过岛原的海岸后，在一家木屋旅店停下了脚步。

三

旅馆的房间十分简陋，除了挂着白色蚊帐的床、藤椅、梳妆台和洗脸台外再无他物。墙上没有壁画，窗户上也只是简简单单地挂着棉质的帘子。但却很是让我愉悦，或许我喜欢的正是这种毫无装饰的陋室吧。这不像东京帝国酒店餐厅内的武士南会式西洋风格般让人惊悚，也不像壁龛或门楣上挂着官吏政治家的俗气题字的日式旅店般令人不快。这间毫无任何修饰的朴素小屋外挂着的芦苇帘子为我挡住了阳光，帘外是雄伟壮阔的海湾之景，我躺在床上便可一目千里。强烈的日光照在海面上，反射到屋内的墙壁与天花板上，留下一道道荡漾的水波光影。正在窗檐上筑巢的几只燕子，不停地来回运送着海草。可爱的燕子，耀眼的阳光与大海彼岸逶迤绵长的丘陵，都仿佛是邓南遮①风景画中的景致一般。这也让我更加深刻地感受到自己此刻正身处美丽的南国。

夏日的白昼逝去后，只剩下了寂寥。从地下室传来的台球撞击声、不时响起的欢笑声、寂静而明亮的大厅中传来的服务生脚步声、呼喊母亲的孩童声交织在一起。而我正躺在房间的长椅上，陷入了无边的幻想之中。置身于这间与日式房间截然不同的西式房间中，我莫名地感到心安，仿佛与四周的喧哗隔离开来一般，既不会透过房间的缝隙去看隔壁屋子的杂乱，也听不见别人的鼾声或拖鞋声。

我被旅途的疲惫所催眠，但四周的寂静又不停地刺激着我的神经。恍惚之间，我的思维陷入了混乱，甚至开始分不清现实与想象。好像有一首诗中曾经写过一个故事，某位痴狂的诗人在夜半的月光下怀抱着自海底而来的美人鱼，却因极致的快感而殒命。这个念头让我瞬间将海边的美景抛诸脑后。开始幻

①加布里埃尔·邓南遮（Gabriele d'Annunzio，1863—1938），原名 Gaetano Rapagnetta，意大利诗人、记者、小说家、戏剧家和冒险者。

想起这间空旷的屋子里，废弃的梳妆台抽屉里会不会躺着某位无名音乐人未完成的乐谱，或是某位自杀未遂者在这里留下了一个剃须刀。

我独自一人住在遥远的岛原海边，四周全是洋人。如果我在房间里自杀了会怎么样？这个念头让我浑身战栗不已。想必不止我一个人想要明白这种战栗的快感究竟源于哪里。大概所有人都曾得过这种"小说病"吧。小时候我听乳母说过一个故事，一位公主不小心吞下了一根绣花针，尽管看了医生，也吃了药，但都毫无用处。公主哀号了三天三夜后，血管中来回穿梭的那根绣花针终于刺破了她的心脏。一想起这个故事，我就担心自己某天兴许也会遭遇同样的事情，恐惧感就会随之蔓延全身。恍惚之间，我竟有些期待那种危险的时刻。我也曾将石笔或铅笔慢慢送入口中，醒过神后又被自己吓得哭出声。探身望向漆黑一片的井底，或是从山顶俯视谷底，或是看到一泻千里的瀑布时，我似乎都被"死亡"所催眠。

远离了总是安慰我，给予我精神力量的亲友，孤身一人在寂寥之地。恐怖的幻想如吸食鸦片后的梦境，难以形容的麻痹快感直击我的身心。

一阵敲门声响起，我终于从杂乱的思绪中回到了现实。

四

我望着煤油灯跳动的火影。窗外被夕阳所染红的天空与江面变得苍白了许多，日头逐渐隐入了西山。煤油灯在房间中投下了微弱而悲凉的光。旅馆的油灯，岛原的风景都给了我许多宽慰，我多么想为它们写一首颂歌，让它们长久地留在我的记忆之中。

在东京的时候，无论是我的书房还是朋友的住处，或是工厂的天井里，都闪烁着电灯的光芒。但此刻昏黄的煤油灯光，竟不可思议地给了我慰藉。那是一种如隐士般的悲伤、放弃的平和。在电灯尚未普及的年代，我总会借着薄暗的灯火开始创作略有些稚气的恋爱小说，此刻的灯火让我仿佛回到了那段岁月静好的时光。此外，这座海边旅馆里均为西洋简约式的房间，在周围环境的烘托下，更容易让人回忆起一生中珍贵的往事。我想起《美利坚物语》的末尾中写到的场景——纽约海边有一处农家小屋，远离都市，宁静幽美，每天晚上都可以听见鸟儿婉转的啼声——就如《六月夜之梦》中所写的那样。但如此让人愉悦的小屋里却没有电灯，自来水管道上的油漆也已脱落殆尽，露出了斑驳的金属底色。透过圆形的磨砂玻璃灯罩，煤油灯的火苗若隐若现，我仿佛看到了十九岁的罗莎琳弹着钢琴低声吟唱的浪漫场景。

啊，古老的房子、棉质的窗帘、茂密的果树、草坪上的小花、笼中的鹦鹉、可爱的小狗、煤油灯的微光，无尽的思绪……啊，在那令人目眩的电灯之下，批评家、作家、演员和剧场老板们争相抢夺无知的看客，深陷争名夺利的旋涡。我真想彻底遗忘那样的生活，彻底离开那样的所谓艺术之地。我只想如悲情诗人罗登巴克一般心无杂念，日日歌唱自己书屋里的家具、寺院的佛钟、尼姑与水鸟，以及流过荒城的沟渠水。

五

餐厅里坐满了洋人，有的携家带口，有的孤身一人，他们一边用着餐，一边谈笑风生。我默默吃完后，便倚靠在一旁的长椅上，随手拿起一份英文报纸仔细阅读，上面报道着上海、香港和马尼拉的近况。读完后便早早回房休息了。

第二天早上，旅店的老板告诉我距此三里开外有一处温泉山，只是全程都是山路，山路只能依靠马匹或者马车通行，一想到那番痛苦的折磨我就打了退堂鼓，便决定继续在房间外的

226

长椅上茫然眺望大海为好。能够沉浸在孤独而模糊的回忆中，也是很让我欢喜的。

第三天一大早，我坐上了一日仅往返一次的小蒸汽船返回之前的海港。与我同船的还有两三个从上海和香港前来避暑的英国人。返程大约需要三个小时。小船时而从海岸的岩石边穿过，时而又从巨大的管道口驶出，惹得那几位英国人不住地赞叹日本的风景果然美丽如画，据说中国的河道中不植树木，所以河水一贯黄浊不堪。因此日本的青山碧水，绿植萦绕，让他们感到万分喜悦。对岸的海港绿树成荫，附近有一家专门接待外国游客的木造旅馆，里面住的全是前来避暑的外国人。其中有三四位带着妻子前来的美国士官，个个身穿军服。我坐在一棵繁茂的大松树下喝完一瓶啤酒后，从旅馆租了一辆车准备途经山岭返回长崎。同路的一个美国家庭不停地对我赞叹日本山川峡谷之美，听起来就像在赞美自家的庭院一般。

无论是在长崎的旅馆，还是翌日乘坐前往横滨的汽船时，都遇见了许多从中国或是菲律宾群岛前来日本旅游的洋人，他们无一不对日本风景之美赞叹不已。

最近，东京《朝日新闻》的文艺专栏上刊登了一篇名为《新日本风景论》的文章，正如文章结论所言，我们无法断定，也无须断定日本风景究竟是否为世界之冠。但至少我在船上所见的日本风光，即便毫无审美水平之人，也会觉得这风景之秀丽，美得让人惊赞不绝。岛屿密布的长崎外海，如湖水般波澜不惊的濑户内海，荒凉的济州半岛，凹凸不平的伊豆山岭，从海面上眺望这些青翠、柔美的日本风光，让人不由赞叹果真是日本特有的精致风貌。这也就难怪外国游客会如此夸张地称赞日本的风景了，在这里，他们可以暂且忘却都市生活中的不文明与不快，那么吾国的这种田园式的原始生活自然就会让他们津津乐道，流连忘返。这些游客一直只是将日本作为一座大公园，只打算欣赏其表面的美景，至于复杂的内陆，则是敬而远之的。而我们这些国民却无法如街道旁的猴子雕像那般，对四周的国民之声、之事视若无睹、充耳不闻。我从海上所能饱览到祖国的秀美风光，都只不过是外在之美，而隐藏于其内的日本现代生活，与日本人的性情，实则与日本风景之雅致大相径庭，令人不免为之震惊。旅行结束回到东京后，我打算忘了这片日本的风光，去东京市内的大街小巷走走。想看看由新日本人经营的都市生活中，是否也能找到如日本江湾山岳般的婉约、美丽与真实？当然，我并非指责因工业与商业的发展而不得不建造出的现代都市外观。只是对无论是个人还是整个社会，都失去了观赏壮美富士山与碧蓝天空的趣味这一点，一时感到有些难以接受罢了。我讶异于国民与国土的风景，竟能完全分割、毫无联系。

六

汽船在海上漂荡了四日后，终于到达了横滨。

我在岸边的茶肆中喝了杯茶后，便乘火车返回东京。那个大都市中，醒目的梅毒广告毫不避忌地显眼地立在屋顶之上，十字路口满是卖报郎的叫卖声"绅士富豪大揭秘哟……"，一个何等恐怖的城市。一些顽童挥舞着手中长长的竹竿，害得过往之人无不心惊胆战，一个何等杂乱的都市。市民、官吏与警察们每天想的都是如何通过报社给对方致命一击，一个何等恶心的都市。可是，我的家偏偏就在这座城里。

明治四十四年九月

黄昏的地中海

越过加的斯湾①，沿着葡萄牙海岸一路向东南而行，不多久便能到达西班牙海岸。站在此处远眺，南面是摩洛哥大陆与雪白的丹吉尔人家，北面则是呈三角形的直布罗陀岩山。进入地中海后，我竟开始期待自己所乘的轮船遇上一些灾难，船底被击穿，或是直接沉没。

那样，我就会被转移至救生艇上，无论是朝南或是朝北，只要驶出三海里就能到达不远处的海岸。而我也能在返回日本前，意外地再度踏上那片欧洲大陆了。我会看到一个远离欧洲文明中心的国家——西班牙，那里的男人们穿着鲜艳的衣服，夜夜于窗下弹奏小夜曲。那里的女人们喜欢将玫瑰花插在黑色的秀发间，以披肩包裹上身，彻夜歌舞游乐。

①加的斯湾，大西洋的一个海湾，位于葡萄牙的圣维特角与直布罗陀海峡西端的特拉法尔加角之间。

我站在船上，岸边的山脉显得那么近，仿佛伸出手来便能触及一般。山上土壤干涸，草木萧疏，满是枯黄野草的山间似有几户白墙人家。山的那一边，不就是缪塞①歌中的安达卢西亚②吗？那岂不就是比才不朽音乐之作《卡门》的诞生之地？

向往色彩夺目的衣裳，崇尚热情四射的音乐，期待爱就该随风而行的人们，谁能不心驰神往于唐璜③的祖国西班牙呢？

这个烈日高照的国度，人们认为恋爱就如北方人说的那样，无关道德、无关婚姻、无关家庭等种种败兴的因素，只是单纯的男女相交嬉戏。若在某个祭礼之夜与一名女子两情相悦，饱尝色香，那就在次日午后立即前往市场握起另一名女子的纤手吧。若那位女子已为人妻，那就在夜里潜入她的窗下，借着曼陀林的乐声唱出心中的爱吧："啊，快到窗下来，我的爱人。"（莫扎特歌剧《唐璜》中的一首曲子）若不幸败露，那便血染利刃。爱情的火花猛然迸发又骤然消失的刹那美梦，便是这个热情国度的国民们毕生所求。人们伴随着小铃鼓的节奏跳着激情欢快的舞蹈，安达卢西亚的少女用手指碰击响板，五彩斑斓的裙摆随着她们狂乱的舞步而裙裾翩跹，这就是西班牙音乐独有的热情奔放。如风暴一般渐次酣畅，渐次激昂，让每一个倾听之人、

①阿尔弗莱·德·缪塞（Alfred de Musset，1810—1857），法国浪漫主义作家。出身贵族。
②安达卢西亚，是位于西班牙最南的历史地理区，也是西班牙南部一富饶的自治区。
③唐璜，出自莫扎特创作的两幕歌剧《唐璜》，初演于1787年。主人公唐璜是中世纪西班牙的一个专爱寻花问柳的胆大妄为的典型人物，他既厚颜无耻，但又勇敢、机智、不信鬼神；他利用自己的魅力欺骗了许多村姑和小姐们，但他终于被鬼魂拉进了地狱。

欣赏之人都为之神魂颠倒。当欢快的乐声与舞步戛然而止，犹如一颗颗夺人心魄的宝石突然迸裂四散，让人不由扼腕叹息。这个国度的人生就如这种音乐一般……

而船行依旧悠然，丝毫不顾我那心中的欲望，左右船舷还在海中上下翻卷，推动大船越行越远。直布罗陀岩山的岩壁高耸入云，残阳余晖映照下的山背，似屹立在一团熊熊燃烧的火焰中。山脉临海，对岸便是低矮的丹吉尔人家迤逦不断的摩洛哥山脉，正从梦幻的蔷薇色变为神秘的紫色。

然而，随着黄昏天色的逐渐暗淡，远山与岩壁也就渐渐隐入西方的水平面下。吃罢晚饭，我再次回到甲板上凭栏眺望，浩渺的海面此刻竟呈现出与大西洋水色迥然不同的绀色，美得惊心动魄，令人瞠目结舌，远望如天鹅绒般丝滑，闪耀着诱人的光泽。

但这里的水色，无论与山、川或是湖相比，都更能让人深陷一种难以言喻的美丽幻想中。凝视海面的水色，我的脑海中不由得浮现出太古文学艺术——这一诞生于漂荡着绀色海水的地中海岸边的艺术形式。相传，美的女神维纳斯正式从紫色的波涛中走入人间，眼前的美景让我不由得感叹这是何等自然的联想，丝毫不觉牵强附会。

星光灿烂，其光明亮，其形硕大，正如我们绘画时常用的象征形态般，闪烁着五角形的光辉。天空如一块透亮的暗绿色宝石，虽水天一色，却有着明显的界线。这是个无月之夜，天色虽亮，却不见一山，四周一片井然和谐之感。啊，好一个端丽的地中海之夜！我不由想到轮廓极为清晰的古代裸体像，想到魅力四射的古典艺术，想到凡尔赛宫中修剪齐整的庭木，我的作品也是如此，被一种淡淡的哀愁所轻笼，如同一块色彩斑斓却又肃穆低垂，用色彩、音乐与熏香一丝不苟地织成的锦缎。

我记得这是进入地中海的第二夜。南方遥远的陆地进入我的视线，大概是北非的阿尔及利亚吧。

饭后走出甲板，海面水静无波，浓绀色的水面如精细打磨过的宝石一般，光彩四射，仿佛只要从栏杆探身俯视便能照出自己的脸，而且还是一张美丽的纯真面庞。辽阔的天空万里无云。白昼的天空似乎吸饱了阳光的热量，呈现出透明的蓝色，而现在则带上了一层淡雅朦胧的玫瑰色。一如我在法兰西时所见那般，黄昏时分的苍琅微光在甲板、舷梯、栏杆、舱壁和各种绳缆上投下一道道优美而神秘的影子。那只白色的短艇尤为惹眼，似被注入了一道怪异的生命。

微风正好，凉爽静谧得如春夜般的海上之夜，让我的身体微醺得似要溶化，宏壮的大海让我心如止水。

我的心进入虚无之境，不再思考任何悲伤、寂寥或是欢喜之事。我的意识久久停留于无比美好的心境中，但这反而让我感到极为痛苦，便一下跌坐在长椅上，目光转向遥远的天际。

　　五六颗明亮的暮星已经爬上夜空。美丽的星光一入我眼，心底就兀地涌起一阵莫名的诗意，几乎无法抑制。我真想对着黄昏中辽阔的地中海发自肺腑地唱一首赞歌。虽未开口，但想象中的优美歌曲似乎早已化作动听的声音，随着波浪一同飘向远方，直至消失。

　　我从长椅上站起来，享受晚风拂面的清爽，贪婪地呼吸着温暖而宁静的空气，目光久久地停留在远处那颗最美的星上，正欲开口高歌一曲，心底却兀地涌起一阵伤感，我不知道自己该唱什么，我完全忘了选择。不要歌谣，小调就好。这么一想，开口先唱了一句啦啦啦……旋即便又陷入究竟该唱哪首小调的迷茫中。

　　我感到很是狼狈，不停地在记忆中搜索熟悉的小调。紫色的海浪翻涌着，似乎正焦急等待我的歌声，星光璀璨，似年轻女子秋波频送。

　　我想起来了，卡瓦莱里与鲁斯蒂卡纳在歌剧开幕时曾用竖琴合奏过《西西里岛》中的一节，音乐中包含着无尽的寂寥，歌词中蕴含着南意大利的激情奔放，又似乎多了一分孤岛的内敛寂寞。其声调悠远清澈，在日本人听来倒与船歌有几分相似。这对于身处海中的我而言真是再合适不过的一首歌了，我鼓起勇气试了试第一句，O Lola, bianca come（噢，罗拉，你裹在乳白的），下面的歌词全忘记了。

也难怪，我对意大利语并无太深的了解。这首音乐剧《特里斯坦》序幕中船长站在桅杆上唱的歌，最是适合此情此景。但我光记得歌词了，总觉得曲调有些怪异。虽很想唱完整，奈何欧洲的歌曲本就拗口。大概生长于日本的我只能唱一首本土歌曲吧。这时的我，早已将法兰西的恋爱与艺术抛诸脑后，只在于单调生活后静待死亡的东洋边缘行走。我想唱一首能准确表达这种遗憾之情的日本歌曲。

然而，这比艰涩难唱的西洋歌曲更加令我感到失望。《忍路高岛》倒是常听人唱起，因情感悲凉而备受喜爱。和旅行以及《追分小调》①倒是还有些关系，但与眼前这令人联想起希腊神话的地中海黄昏，着实有些不协调。"竹本"和"常盘津"等净琉璃倒是能够表现出这种复杂的感动，但就"音乐"而言，这些不能称为歌曲，而更应该被称为一种以乐器和声的朗读诗，在倾诉瞬间情感方面未免有些过于冷峻了。"哥泽节"传达的不过只是不同时代下花柳界中微弱的怨言，"谣曲"则因蕴含着佛教的悲哀而显得古雅，与20世纪的汽船格格不入。那适合在耳听草船舻声，眼眺远处岸边如墨劲松时歌唱。至于"萨摩琵琶歌"或是"汉诗朗诵"也只适合色彩单调的日本风景，初级的

①追分小调，一种曲调缓慢而悲哀的离别歌谣。

237

单调只会催发某种粗朴而悲哀的美感。

我已经全然绝望了。我竟是一个找不出合适音乐来正确表达自己内心感动、纷杂苦闷的日本人。不知世界上还有类似的人种吗？

甲板上传来了合唱声，我一看，原来是两三个被派往印度殖民地工作的英国铁路工人，以及身份不明却想要去香港的女人。曲调滑稽轻佻，听起来像是常在伦敦东区演艺场里听到的流行歌曲。音乐本身自然无价值之分，但也正因如此，我能分明感受到那几位意大利工人漂洋过海远赴热带国度的心境，与脏污的三等船舱与暗淡的甲板竟是如此协调。

这不正是幸福的国民吗？英国的文明让底层劳动人民也找到了一种可以寄托寂寞旅愁的音乐。而明治的文明呢？除了让我们徒增莫名的烦闷，何曾让我们有所倾诉与寄托？吾等的心情坚守着早已化为古物的封建时代音乐，殊不知早已脱离这个时代。但若争相奔赴欧洲音乐的怀抱，无论吾等有着怎样的偏爱，因风土人情的迥异而产生的差别都是不可消除的。

吾等国民何其悲哀。故国尽失的波兰人民啊，失去自由的俄国人民啊，你们不是依旧拥有着肖邦和柴科夫斯基吗？

夜愈深了，海面波光粼粼地荡漾着黑暗的光辉，天空开始出现奇怪的光泽，幽邃得让人不禁畏惧，而星星却又意外地繁多而明亮。这片毗邻北非陆地的神秘地中海夜空啊。英国工人的歌声正悲凉地消失于这片神秘的夜空下。

唱吧，唱吧，幸福的他们。

我仰望着夜空中的繁星，不由联想到四十几天后，就要结束漫长的航海生活，抵达前方的可怕岛屿。我为何竟要离开巴黎呢？

畦 道

从国府台沿着中山方向前往船桥的那条路上，松林覆盖下的丘陵如一条青龙般蜿蜒连绵。丘陵旁是一片广袤无垠的平野，地势高低起伏，为原本单调的风景增添许多趣味，让每个过客都不禁油然生出一种想要作画留念的激情。

　　迁入市川居住后，我几乎每日都要外出走走，找个田间小路散散步，潜身于远离人烟的松林或是低矮洼地的草丛中，仰头便是碧空白云，侧耳便得鸟鸣风语，初夏时分的白昼虽已十分漫长，但夜幕降临前依然生出了几许惋惜之情。

　　尽管远眺此间风景能给我带来无尽欢愉，但毕竟只是区区的田园风光，是远不足与外人道的。松林间的山麓旁，溪水清透，潺潺而流。古老腐朽的小桥下，农妇们正在河中择洗青菜。农家小院里，几株叶鸡冠正孤单地摇曳于风中，三两个农妇正沐浴在秋日的温暖阳光下，铺着草席晾晒种子。夕阳的余晖从林间穿过，懒洋洋地落在田野上，把豌豆花和蔬菜的叶片照得光亮鲜明。这种秋日乡村特有的景致，恰恰也是最古朴、最平凡的风景。这样的景致，充其量只能成为初学绘画的学生们用于练笔的素材。但正是这种平凡与普通，正是这种不会催发赞叹的平淡，更让人在远眺之时深感欣慰与亲切。就像隔着布帘观赏一位粗布麻衣的妇人般，平凡中透着一丝趣味。

我将自己旅途中的所思所悟整理成文后，寄给了远在东京的一位友人。不久后这位友人不仅给我寄了回信，还顺着地址找到了这里。

"那边的田间小路我太熟悉了。法华经寺后院附近有个赛马场，战后也不知道变成什么样了。"友人对我说。

"那个赛马场似乎还在，但我很讨厌那座涂了油漆的建筑物和无线电的铁柱子，就像以前去向岛旅游的人们总是十分厌恶藏前和钟渊的烟囱一样，每次路过那里我都会绕道走。"

"确实如此啊。看到你的来信后，我最先想起的正是那里。我这辈子只进过一次赛马场，就是中山的那处。说起来也是很久以前的事情了，十年前了吧，那时战争也还没爆发。我和第一任妻子一起去的，她很喜欢赛马。不过也不仅限于赛马，剧院、舞厅、海水浴场，总之只要热闹的地方她都喜欢。我就正好相反，不管是赛马还是相扑、棒球，所有竞技的活动我一律提不起半分兴趣。看不了多久就会想走的。新婚没多久，在她的反复劝说下，我也想看看那到底是个什么地方，于是找了个风和日丽的日子和她一起坐汽车前往。那是一个初冬的晴天，天气好到我甚至觉得除了日本世上再也找不到第二处。我不记得当时是从哪条路过去的，越过江户川后有一条很宽阔的道路，看起来像是国道，开了没多久就能看到路的尽头出现了一片水田，一直延伸到了遥远的海边。另一侧则像是无限复制的风景般，所有人家的屋后无一例外都是成片的松林。拐进一条小路后，眼前出现了一道缓坡，像是劈开了松林间的悬崖一般。登上缓坡后，眼前豁然开朗，脚底是一大片宽广无垠的农田，远处的地平线上朵朵白云飘浮其间。习惯了东京的喧闹后，眼前的开阔着实给自己带来了不小的震撼，清凉的空气沁入心脾，不禁生出一种旷达不羁之感。我正兀自陶醉着，突然的一阵喧闹之声传入耳中，转眼间车子已经停在了赛马场门前。下车后，映入眼帘的美景真是让我终生难忘，田野与森林在冬的渲染下美得令人心醉。初冬时节，白菜和萝卜的叶片尚还稚嫩，在日光的照耀下闪烁着天鹅绒般的光芒。松林间的树木长势繁茂，只在枝头如染淡金。我当时甚至想着，若是没有赛马场的计划，我岂不就能纵情饱览这方美景了。谁知这突如其来的一个念头，竟成就了一整天的喜剧。我还没入场呢，就已经对赛马兴趣全无了，甚至有些恼怒那些卷起漫天尘埃的汽车和喧哗的旅客，因为他们破坏了此处原本宁静安详的田园风光。我在看台上百无聊赖地看了一两场后就已经昏昏欲睡了。这期间，妻子偶遇了一位朋友，便一同去其他地方看马了。就连妻子对待无聊至极的赌马时那一脸兴奋的样子，都让我觉得不胜厌烦。不久后我终于下定决心不再忍受场内的震耳欲聋，拨开人群走出了赛马场。小阳春的天空通透得如一汪清泉，一棵棵挺拔的树木高耸入云，在阳光的照射下焕发出勃勃生机，我一时找不到任何语言来描述那一刻眼前的美景。一旁的低矮树篱，怒放着的山茶花与菊花恰如上一秒刚被山泉清洗过一般娇艳欲滴，这一切都是久在东京的我在满是尘埃的庭院中难以见到的景致。农家小院里的几位少女，正用手绢包裹着脸颊给稻谷脱穗。板车吱呀驶过，后面跟着悠闲觅食的家鸡，这一切就如一幅长长的画卷般慢慢地在我眼前展开。古老而腐朽的杂物间，历尽沧桑的古井，随意安放的农具，无一不在诉说着田园生活的宁静与幸福。红透了的柿子如铃铛一般挂在枝头，柿子树下是小憩时使用的竹椅与木桌，不远处是一栋卖牛奶的茅草小屋。小树林的深处不时传来低沉的牛哞声。那里大概是一处牧场吧。我坐下喝了一口牛奶，入口的醇厚远不是东京的可以匹敌。若我也能拥有这么一处宅子，必会放弃东京的生活，日日在此尽享田园之娱。坐在屋檐深深的茅草屋廊下，与自由飞翔的麻雀共沐这温暖的初冬阳光，手中捧着一本书细细品味，这是何等惬意自在的生活啊！而我那位喜欢赛马和麻将的妻子是决计不会感兴趣于这些"无聊"之事的。我望着身旁挺拔的朴树，不禁忧从中来，我和妻子是遵循传统的媒妁之言而结合的，婚前互相并没有太深的了解，秉性不合也已是无可挽回之事了。这么想了没多久，就见一个身着东京风格洋装的年轻女子在牛奶屋前的椅子上坐了下来，看起来也就二十二三岁的模样，大概也是来看马赛的吧。她把脱下的上衣与手袋一同夹在腋下，下身穿着一条深灰色的裙子，上身是一件白色的毛线衫。略有些丰满的身材，跃然欲出的胸部尤其惹眼，让人不禁浮想联翩。她大概是在这里等待同行的朋友，但又似乎并非如此。少女喝了一口牛奶后点了一支烟，但没吸上几口就扔到地上用脚碾灭了，看起来一副急躁难耐的模样，付了牛奶钱后就立刻离去了。我看了看表，发现距离赛马结束的时间还早得很，便安心地拐进一条田间小道中，漫无目的地穿梭于枯草遍地的畦道①中，一直走向远处的那片树林。耕作过的田地里已经长出了两三寸长的新芽，看上去像是麦子。至于白萝卜和胡萝卜的叶子，就连我这个生长于城市的人都能轻易辨别。牛蒡的叶子如款冬般舒展开来，白菜的嫩芽松松软软的，如纯白的丝绒般包裹着根茎一同享受温暖的阳光。畦道上满是深深的车辙，越往前走地势越低，而两侧的农田则慢慢高了出来，到后来就要仰望农田了，一排高粱地旁是一处山崖，上面长着茂密的芒草与细竹。我回头看

①畦道，田间小路的意思。

了看，来时的赛马场和农家小屋的屋顶早已被这个山崖完全遮掩，前方的松树枝头限制住了我的视线。地势继续走低，虽然我已经几乎看不见头顶的风景了，但那片农田想必还在上面继续延伸着吧。不过也许是正处于农闲时节的缘故，这一路上我竟连一个人影也没见着。忽然我在枯黄的草地上意外地发现了一株开着小花的杂草，便叉开双腿坐在地上准备采下把玩。背后的山崖为这个洼地挡住了所有的风，就连鸟啼声也不入耳中，只剩小阳春的暖日还懒懒地洒在我的身上，以至戴着帽子就能感到头发开始有些刺痒了。不知为何，我竟突然想到村里的姑娘大概都会白天选一处这样的原野，同心仪的男子幽会吧。虽然都是些天马行空的无聊联想，不过眼前的寂静、明亮、温暖真是会让我忍不住想入非非。田园的寂静白天，其实比夜晚更能撩拨年轻人悸动的内心，那些城里人觉得不堪入目的事情，若是在这田间地头，反倒成了别有一番韵味的风流之事了……我正胡思乱想着，刚刚在牛奶屋前见过的那位白色毛衣少女竟慢慢向我走来，我甚至不知道她是从哪条路走过来的。她看到正躺在草地上的我时不由得放慢了步伐，大概是考虑到若是现在回头难免有些刻意了，而且这里就只有一条路，连条岔路都没有。即便内心再排斥也得从我身边经过。为了缓解尴尬的气氛，我主动开口打了招呼。

"好巧啊，又见面了……"

女子听罢露出了礼貌的微笑。

"今天是来看赛马的吧？"

"对。"

"准备回去了？"

"嗯。"女子停下了脚步，掏出帕子擦了擦额头上的汗水。

"走一走还是挺热的呢。坐下来歇会儿吧，正好这里也没有蚁虫。"

"那个，这里距离电车站还有一段距离吧？"

"呃，应该不远了吧，一会儿要是有人来就问问吧。"

大概也确实是累了，她在我对面坐了下来，不过还是与我稍微拉开了一点距离。坐下后又用手整理了一下裙子以盖住膝盖。而我从刚刚开始就一直沉浸于自己的幻想之中，直到此刻也尚未完全清醒。初冬的阳光照在身上，就像钻进了被炉般温暖，身旁又坐着一个陌生的年轻女子，这让我更加陶醉了。

"刚刚的牛奶很不错呢。"

"嗯。"她有些羞涩地应了一声。

"我今天是第一次来，跟着朋友来的，但其实我对赛马真没多大兴趣，太吵闹了。你喜欢热闹的地方？"

女子依然沉默不语，依旧带着礼貌性的微笑。我内心暗自盘算着怎么才能拉近彼此之间的距离。

"你是一个人来的吗？"我又问道。

"不是，嗯……"

"我丢下朋友一个人出来了，说不定她正找我呢。"

"呃。"女子终于看向我了，过了不久后又说，"我也是跟朋友一起来的……"

"是吗？看样子你也不太喜欢赛马啊。"

女子露出了娇羞的神情，但一句话也没说。我突然有种冲动想要上前握住她的手。在这种偏僻的洼地里，哪怕她用力甩开甚至大声呼喊，都不会有人听见的。而且只要我们今后不再见面，那我此刻不管对她做什么都不用负责的。大概是察觉到了我内心的想法，她似乎准备起身离去了。于是我也直起身来，摆出一副要走就一起走的架势。可她并没有真的起来，只是侧了侧身子，换成单手支撑草地的姿势。我趁机走到她身边，蹲下握住了她的手。

后来我才知道，她果然是跟着一个男人来看赛马的。只是入场后那个男人遇到了一个相熟的女人，看样子像是个艺伎，于是两个人便聊起了天。那个亲密的模样很难让人相信他们之间是清白的。气愤难忍的她当时就甩头离开了。不过一起坐在草地上的时候我并不了解这背后的原委，只是单纯地想跟她多待一会儿，便假装领着她一起寻找车站，实则故意在农田和林中的小路上随意乱走一通。

女子穿着高跟鞋，所以走了一会儿后就累得快趴下了，便在松原中坐下休息，晚秋的夕阳已经慢慢隐入西山，只是两人均未察觉。她伸长了双腿坐在草地上，直到我伸手抱起了她才起身。我们第三次坐在繁密的芒草丛中休息时，耳畔终于传来了风中竹叶的沙沙声，天边的秋日又低了几分。

那天晚上，我带着她去了市川的旅馆。这都是十年前的事情了，那时的我只有三十多岁。那件事后我就和第一任妻子离了婚，与她生活在一起了。畦道上的偶然邂逅，林中偶然闪现并成功了的冒险念头，那些最初的回忆一直萦绕在我的心中。哪怕此后的生活中也发生了许多摩擦和烦恼，但我一直也没舍得跟她分开。我们这些男人啊，又有哪一个可以抵抗住轻佻女子的诱惑呢？所以收到你的来信后我立刻就想起了那里的风景。那天的我是怎么走去的，都去了哪些地方？那片田野与树林若还在，沿着熟悉的树木与蜿蜒的畦道，我大概能重新走回当年相遇的地方吧。

我与朋友一同走了出去，陪他踏上相隔十年之久的美梦回忆之旅。

妾宅

一

　　自从发现自己不愿趋炎附势的那一日起，他几乎每天都待在护城河畔的那所妾宅里，沉浸于各种幻想中懒散地过着日子。如今这个社会到处都充斥着无聊至极的事物，他丝毫不愿见到那些让自己觉得难以入目之事。与其烦恼于如何改变这个世界，不如就此退隐，眼不见为净。他那种如川柳[①]短诗般看淡世间事的性格，是遗传基因长期训练后的成果。既然生活还要继续，那就穿洋装好了。虽说自己是个打一出生就在榻榻米上蜷着双腿长大、身体柔软的日本人，但既然这是时尚，那就也如那些直立双腿的国人一般公然地穿上洋装吧。若有要事也不妨乘坐电车出行，哪怕它们经常停电，偶尔也去坐坐汽车，看看游园会，听听浪花节[②]，站在秋千底下抬头窥视女优的裙

[①]川柳是一种诗歌形式，大多是调侃社会现象，想到什么就写什么，随手写来，轻松诙谐。
[②]浪花节，也叫浪曲。江户末期在大阪发展起来的一种三味线伴奏的民间说唱歌曲，日本的一种大众曲艺，以通俗易懂的曲调说唱故事。类似中国的弹词。

底风光，看看莎翁的戏剧，听听加入西洋音乐元素的长呗。有人约稿就写点小说。粗制滥造，满是错别字的文章也能让他欣喜若狂。时常听听外界对鼠屎污羹般的超现实主义的批判。若是一味沉默以维护同僚间的情谊也是种错误，来场唇枪舌剑又何妨。这一切，不都是纷扰的世间之事吗？若川上之竹随波逐流，执一管细笔聊以渡世，实乃无奈……差点忘了介绍一下了，说起来他也算是一位响当当的现代文人了，还有个鲜为人知的别号——珍珍先生，只是肚里这墨水却算不得充足。这位珍珍先生为了不在现代社会的生存竞争中落入下乘，但凡现代人可能做的事，无论好事坏事他总要想方设法全部体验一番。但他觉得，在此之前自己首先应该找个地方将自己修炼成一个心灵隐士，时时进行生命的洗涤。哪怕风餐露宿的乞丐也会努力找个桥洞睡觉，对于早已厌倦了一双玉臂千人枕、半颗朱唇万人尝的倾城名妓，不也要默许她偶尔找个情夫排解忧愁吗？珍珍先生觉得若要更为巧妙地戴上现代生活的面具，首先要有一个不为人知之处供他脱下面具，做回自己。所以他在自古以来便是大隐之士居住地的町中后街护城河畔的背阴处建了一所妾宅，作为自己修心之处。

二

　　姜宅是一间租来的小屋，连同门口的两叠面积算在内也只有四间大小，掉漆的格子门、屋内的隔扇与唐纸①无一不在诉说着这里的历史悠久。他很排斥现在这种采用承包方式的修复工艺，所以自打在吉原惨遭焚烧前，从一处停业的艺伎之家手里买下这些古物后，就不曾做过任何修缮。二楼只有一间屋子前的栏杆处能照到日头，除此之外，连一层客厅和茶室都是一片昏暗，就连谁从外面走进来都无从辨识。从厕所出来后，沿着连廊走到小院子的这段区域，因不见天日而阴暗潮湿，让人不由得厌弃。但珍珍先生却觉得这样潮湿昏暗的屋子才是最令人感到亲切的，一个远离尘世的失败者就应该在这种环境里居住，这才是隐者该有的姿态。石菖蒲水盆下方放着一个涂着红漆的镜台。墙上贴着的还是当年宣传艺伎用的墙纸，上面挂着两把三味线，用郁金香纹路的布料包裹着。轮状纹路的长火盆旁蜷缩着一只睡得正香的猫。隔扇的另一边也是一个幽暗的客

---

①唐纸（karakami），顾名思义，是由千年以前的平安时代来访中国的遣唐使带回日本的。最初主要是作为上层社会的书写用纸，印有花草飞鸟纹样的纸张逐渐用途广泛，唐纸艺术随之诞生。

厅，在更加阴暗的壁龛里，透过石川流①的插花，可以看到后方挂着一张用色极艳、颇具时代感的丰国美女图。角落有个暖炉，上面铺着一块"命"字纹伞形红友禅②蒲团。后面是一扇两折的屏风，上面还贴着许多想必已经故去的演员和艺人的更名布告以及练习画稿，其中还夹杂着两三张田之助半四郎的悼念画。他之所以如此喜爱这所幽暗的妾宅，既不是因为凉爽的夏季傍晚里传来的清脆风铃声，也不是因为响彻漫漫长夜的虫鸣音，而是在那些大雪将下未下的清冷阴霾的冬日傍晚，可以坐在暖炉边上抱着猫，肆意地打哈欠。窗外过往小贩的吆喝声，远处的大路上整日里车水马龙，以及旁边人家屋里的叩打声越过厕所对面建仁寺腐朽的外墙传进他的耳中，不知为何竟多了几分悲切的感觉。他的妾侍每天这个时候都会出门去澡堂洗澡，留他一人盘腿坐在漆黑无灯的客厅中的暖炉旁，在偶尔从门缝钻进的冰冷河风中瑟瑟发抖。珍珍先生知道，只要自己愿意离开这里，如今这个发达的世界上多的是更加温暖、更加明亮也更加热闹的地方。但若是自己意气昂扬地出入于那些明亮华丽的地方，即便自己不打算高调表现，在这个成功主义至上的物质社会中，那些地方也难免会有一些爱说风凉话的人，他可不愿意受这种窝囊气。倒不如窝在这阴冷妾宅的暖炉旁，在流下

①石川流，日本一种插花流派。
②红友禅，日本特有的一种染色技巧。

喜悦、寂寞与悲伤的泪水时，还能感悟到带着一丝莫名讽刺的自得。河岸旁的那条路上，一到傍晚就会传来空洞的风声，妾宅的某扇纸窗就会在风中嘎嗒嘎嗒地响个不停，但这响声听起来又有些无力而沉闷，接着阵阵寒意钻入脖颈。偶尔还会从厨房传来一阵噼里啪啦的破碎声，大概是女佣又在打瞌睡的时候打破了盘子吧。炭盆里已经烧尽，只留下一堆炭灰。每每此时，珍珍先生就能深切感受到，祖祖辈辈的日本人都曾生活在这样的日式房屋内，也都曾经历过这样的冬天，真是一种神奇的延续啊！宝井其角的屋子大概也曾经历过无数次这样的冬日吧。喜多川歌麿那拿着画笔的指尖大概也被如斯的寒气冻僵过吧。葛饰北斋与曲亭马琴^①大概也都体会过炉火将灭时的凄凉感吧。京传、一九^②、春水^③、种彦^④，还有鲁文^⑤、默阿弥，那些或多或少都曾在日本文化史上留下浓重一笔的名人们，大概也都对日式小屋的寒冷深有感触吧。但他们面对这样的寒冷与幽暗，却丝毫没有任何恨意与反抗，他们就像是被上了枷锁，被捣毁了画板也依旧心甘情愿忍受命运安排的一类人。时代的思想果然是一种根深蒂固的东西，如今亦是如此，学者们坐在西洋风格的俱乐部中，或是咖啡馆的暖炉边，嘴里叼着根雪茄，与新时

---

①曲亭马琴（1767—1848），江户时代最出名的畅销小说家。
②十返舍一九（1765—1831），日本小说家。
③赖春水（1746—1816），江户时代中后期儒学者、诗人。
④柳亭种彦（1783—1842），江户时代后期剧作家。
⑤神奈垣鲁文（1829—1894），剧作家、通俗小说家。

代的人们一起品着漂洋而来的威士忌，高谈阔论的想必也不过是外面发生的那些时政之事吧。但我们这些日本艺术家们的命运早已被上天安排好了，这种心境与此刻盘腿坐在暖炉边的感觉倒是颇为相像。

三

在经历了几个时代的遗传性修养后，日本人似乎顿悟了忍从与弃权，有时甚至还会正襟待之，除了人种发达这一原因外，深埋于国民心底的观念也是导致这一思想的根源所在。傍晚时分，邻家孩子练习三味线时发生的声音总会传入珍珍先生的耳中，他总觉得这比午饭刚罢时的那阵练习声更加喧闹，让他那颗似醒非醒，疲惫且孤寂的心灵受到了深深的震撼。屋里已经完全陷入了黑暗，但屋外的冬日斜阳大概尚未完全褪去，想必还是虚弱地挂着空中吧。啊，这三味线的声音竟是如此缥缈，竟不由得生出了几分若有似无的哀伤之情。他想起年少无知时，自己还曾写过一篇长篇小说，并在其中的一节内试图对三味线与西洋音乐加以比较。他怎么也没想到，就像某些山主打着保存古社寺的名号，干的却不是修缮古社寺建筑的事情，而是对其进行破坏或使之世俗化一样，某些热心的音乐家们所谋求的也并不是国乐的改良进步，恰恰相反，他们正在扼杀国乐真正的生命力。但珍珍先生知道这已经是无力改变的事实了。用这种眼光对三味线评头论足，这本身就是对三味线最大的侮辱。江户音曲之所以能成为江户音曲，不正是由于它因时势而被践踏得毫无踪影了吗？不正是由于它无法与时势共进步吗？但它并非一夜之间就被扼杀干净的，而是被新时代各位野心家的污手肆意蹂躏，受尽屈辱，当然最终也没能逃脱被虐待至死的悲惨命运。因此而生出的无限哀伤，才是江户音曲的灵魂所在。至少我们这些身着洋装，吸着雪茄欣赏音乐的 20 世纪新人，内心就该为三味线的低语所撼动。但无论是企图改良它还是意图消灭它，对正在走向衰亡的三味线来说其实已经毫无分别了。珍珍先生之所以没有拒绝到帝国剧场去听《金毛狐》之类的新曲，正是出于一种从灰烬中寻找宝石般的虚无乐趣，他希望能从这些新曲中听到哪怕一丝昔日的曲韵。他也喜欢在复古风的歌舞剧院中听"大萨摩 [①]"，因为他能从中深切地感受到一个道理：不断渗入旧事物中的新病毒，最终会导致旧事物全部溃烂消失。江户音曲中透出的那阵阵哀愁，听在珍珍先生的耳中就像看到了一个为了心上人毅然夺门而出，独自一人赤足奔走在暗夜中的女子，虽历经艰难终于相见，却又无法相守一生，最终只是携手共赴黄泉路，临死前口中还不断低喃着"南无阿

①大萨摩节，三味线音乐的一种形式，曲风较为豪放。

弥陀佛"。又或是乘轿时遇见歹人，被掠到荒郊野岭的某处竹林中随意凌辱，即使侥幸不被折磨致死也会被卖到遥远的异国他乡。即便被解救回家，也会因家人的禁锢与谴责而夜夜哭泣不止。死亡与消失，对这个社会所有女性而言都是至高无上的幸福。脑中浮现出的这些奇异画面，就连珍珍先生自己都觉得不可思议，以致传入耳中的"二上"或"三下"的音调就像是一句萦绕耳畔的"放弃吧，这个世界本就是一场梦"。从邻居家时常传来的歌声中经常能听到"思梦可清心"和"祈求弥陀保佑，南无阿弥陀佛……"这两句歌词，江户音曲中佛教思想以三味线的曲调呈现的这种音乐表达方式，就其艺术价值而言，与音乐剧《帕西法尔》以及《圣·礼拜五》真可谓是难分伯仲。

四

　　弃也好，悟也罢，珍珍先生每每忆起早已逝去的青春之梦时，都免不得生出几分凡夫俗子的悲凉之感。有时也会因为一些小事就不断琢磨起被自己包养的这位妾侍的过去和与她初遇时的情景。妾侍自然也是艺伎出身，也曾是仲之町一带名震一时的当红花旦。虽技艺超群，却胸无点墨。基本上可以算是目不识丁的文盲了，只能勉强看懂识字本上的假名①。这个社会上随处可见的那些风气，比如迷信、偏见、虚伪和不健康，就像遗传似的一样不漏地都被她继承下来了。说起衣服的样式倒是头头是道，但若是让她一个人坐电车去新城区，那对她来说无异于天方夜谭了。总而言之，这就是一个与明治时期新式女子教育的世界格格不入的旧时代女人。她从歌本中得知，未经媒妁之言父母之命的恋爱是一种离经叛道的行为，因此忍痛与初恋情人提出了分手，即便如此，她也只是当场痛哭，回家后也只是借酒浇愁，却从未因此而感叹过一句命运的不公。后来在家人的强迫下出嫁了，但她不仅对那个男生不起一丝爱意，甚至还有些厌恶，可就在这段委屈到几近绝望的婚姻过程中，她竟意外地尝到了与情夫幽会的快乐滋味。被众人玩弄的同时，又何尝不是也在玩弄众人呢？从那以后她就过上了沉浮不定、无德淫荡的生活，再后来就被自己安置在这河畔的妾宅中以度余生。生于深川的湿地，喝着吉原的水长大的她自小就拥有着一身浅棕色的肌肤。据说她的头发还被完全拔光过。曾经因为饮酒过量而导致吐血，不过自那以后身体反而变得很好了，中音的嗓门也变得更加浑厚明亮了。头疼时就在太阳穴上贴两张速效膏药，现在也没怎么见她感冒了。碰到肚子疼得实在难受时，一口气吃三碗纳豆茶泡饭后一准痊愈。偶尔出个门也只是

---

①假名，相当于日本的拼音。

去拜个佛，看戏和听书是决计不会去的。爱睡懒觉，平时在头发上花多少时间都不觉得浪费，喜欢和男人在一起彻夜说一些低俗的笑话。但过起日子来可不含糊，管人借钱的时候能说出一套一套的理由。她今年二十五六岁的样子，浅棕色的肌肤带着社会女子特有的气息，但她的皮肤十分光滑，就像一块被千人之手细细打磨过的桐木小手炉一般，闪烁着美丽的光芒。总是低着眼，迷离的眼神就像似明若暗的晚春天空般，透着一种难以描述的沉滞。这便是珍珍先生对自己妾侍的评价。其实现在的这个社会，大概已经没有多少人会像珍珍先生一样如此迷恋艺伎，如此欣赏风尘女子特有的那种病态美了。他曾从道德和艺术这两个方面详细地阐述过自己为何如此迷恋风尘女子。他在自己的短篇小说《残梦》中说过，道德角度的喜爱之情是由于诞生于特殊时代、特殊制度下的整个花柳行业，从一开始就被明明白白地贴上了"虚伪"的标签，但正因如此，这种虚伪其实也是一种最真实的体现。换言之，因为憎恨正当社会中的伪善而产生的精神变调，在经过无数次的强制修炼后，会演变成一种在不正当与黑暗的世界拼死杀出血路，并企图从中获得些许满足感的心理。又或许是因为深陷于一种极端枯淡的典型状态下，所以反而对毫无真情可言的传统道德生出了强烈的抗拒之心，迫切需要通过离经叛道之事来寻求一时的快乐。毫无疑问，这是一种因厌世而导致的诡辩精神倾向，是一种破坏型浪漫主义思想催生出的病态心理，这一点他自己也很清楚，但从未想要改变什么，他甚至认为这种病态是一种应当在艺术层面上加以崇拜的思想。如此一来，自己只能运用逐渐趋于极端的近代艺术观念来解析自己对风尘女子的欣赏了。这既非理性，亦非同情，至于那些因为过分敏感而难以鉴赏近代极端艺术的人，他只能说那都是一群与艺术无缘的俗人罢了，无须勉强自己为厌恶女人的人阐述女人身上的美，就像谁都知道酗酒伤身的道理。更何况，只有在一定程度上拥有不惧酒害的觉悟与勇气之人，才有初识酒中品德的机遇。据说北美合众国规定不得向美国的印第安人出售威士忌，因为印第安人一旦喝醉就会狂暴得如同一匹野兽。其根本原因在于印第安人从未接受过浅酌微醉文明的训练。在某个原始而健全，却不知修养之快乐的帝国社会中，妇人的裸体画像从来都被视为一种伤风败俗之物。南非的黑奴只会张着野兽般的大嘴哄笑，因为他们并不知道原来无声的优雅微笑才是表达内心复杂感情的正确方法。这个健全的帝国法律将与恋爱和妇女有关的一切艺术都定位为是一种宣扬色情的行为，这也不难理解——他的思绪飘往了另一个方向——这所妾宅的主人珍珍先生就是这样一个完全否定了社会舆论中极端的严格、枯淡、偏狭与单一的另一个极端，他认为所有的色情交易行为中都一定蕴含着某些悲壮的神秘。一个身患恶疾的低等娼妓，即使在寒冬的深夜也依旧要忍着冰霜上街拉客，这不正是罪障深重的人类那发自内心的，永无休止的哀叹吗？正如法兰西诗人马塞尔·施沃布说的那样，只有在我们坠入悲惨深渊的那一瞬间，低等的娼妓才会在那一夜、那一次出现在我们面前，但也只有那一夜、那一次，此后，我们是再也不会遇到这些神秘的过客了。"那些女子不会永远待在我们的身边。因为她们在我们身边待得越久，那种悲伤与羞耻的感觉就会越强烈，直至难以忍受。只有看到我们为她们感到悲伤之时，她们才会鼓起勇气直视我们的双眼。也只有我们为她们感到悲伤之时，我们才真正读懂了她们。"他在自己的书中如是写道。看了近松①的《心中物》②不就明白了吗？阿诚虽有倾城之貌，怎奈那挥金如土的公子哥儿从来就没有理解过她。而是那位毫不珍惜父母慈悲与妻子温情，因获罪而害怕到哭泣的浪子，竟意外地成了最懂她的人。川柳诗中就有这样一个名句："阿诚纵倾城，难得知心人。"珍珍先生生来就是一个性格古怪的人，被父母所弃，被学校勒令退学，后来竟慢慢感觉自己就像是武侠剧中疾恶如仇的主人公，见不得嚣张跋扈之人。所以从年轻时起就自然而然地成了风尘女子心中的"英雄"。不过这种性格乖张之人，哪怕再喜欢艺伎，也不会对诸如当时新桥第一名妓，或是名古屋美女等人多看一眼的。在深夜的深川河畔，

---

①近松门左卫门（1653—1724），江户中期歌舞伎剧作家。
②《心中物》，一部描述男女因爱殉情的戏剧。

从石料场的暗处走出一个下等娼妓，恶疾缠身的躯体内藏着一颗淫荡的心，他很喜欢这种女人，他觉得只有和这种女人在一起，自己那颗糜烂而悲伤的心才能得到片刻的休憩。正因如此，他才会把一般人眼里不过稍有姿色的低贱艺伎，安置在这所河畔的妾宅中。

五

隔壁的人依旧在练着三味线，他的妾侍也依旧还没回来，想必还在精心地化着妆吧。本该吃晚饭了，珍珍先生却还兀自沉浸在对往事的回忆之中。暖炉里的火光已经很微弱了，他双手托腮坐在旁边，像是为了缓解腹中的饥饿般随意哼着：

世事变迁，古之恋草，隐忍于今，待谁采撷。

隔壁的歌声不断传入他的耳中。

长夜漫漫苦等君，恨意绵绵到天明；此心戚戚染听客。房中暖炉依旧，河风朔朔寒身，焚心足声未响。披被寻窗外，河岸夕阳下，枯柳影婆娑。

还没回来。珍珍先生只好把满腹的思绪都寄托在了暖炉上。

　　春水披枷锁，海老藏叹言，吾若生江户，定同放
海岛，砚海涌波风，命笔生是非，此生复何存，唯剩
荒矶尔，世间本无情，今事如旧梦，忧思无绝期，沉
沉梦醒时，炉冷臂犹寒。

　　终于，外面传来了一阵木屐小跑声，格子门唰地被拉开。
小妾把自己的脖子涂得雪白，乍一看还真是有些吃惊，但浅棕
色的面部看起来又像是一片光滑的，被烟熏成黑褐色的竹子皮，
梳着银杏返的发髻，头顶插着一个细长的篦子。进门后便径直
走到长火盆对面的红漆镜台前坐下。她干脆利落地伸手扭亮电
灯，黄色的灯光从唐纸的缝隙间一泻而出。珍珍先生慢悠悠地
爬向那个房子，掏出随身的长烟枪吸了两三锅，眼睛则一动不
动地盯着妾侍化妆的样子。虽然珍珍先生这个风月老手早就见
惯了女子绾发时的千姿百态，但这一兴趣丝毫不减，每每有女
子在眼前绾发，他依旧很愿意充当一个忠实的观众。女子到达
幽会的小屋后，一般都会靠在折好的厚被褥上，取出怀中的镜
子，半蹲半坐着把镜子架在膝盖的长衬裙上，或是船底形枕头
的中间部位。然后，掏出一把黄杨小梳先往上梳几下耳鬓的碎

发，然后稍稍转动上半身，用牙齿轻叼梳背，双手举高后衣袖就会顺着手臂滑下，即便是手臂内侧长颗黑痣什么的也能一览无余。接着弯曲双手整理脑后的发髻，从背后看，两只手臂张成了大大的菱形。最后用两根指尖轻轻地拾起一束前发，就像用手轻轻采下丝瓜梗儿似的，另一只手则用梳子迅速将头发从下往上拢成一个蓬松的发髻。这时，女人总会在嘴里衔上一两支发卡。一个认真而娴熟做事的女人，绝不会让在一旁欣赏的男人感到厌烦无趣。双手娴熟自如地忙个不停的同时，往往还会随口说几句诸如下次再来啊，或是后面还有个讨厌的饭局啊之类的话。虽是只言片语，却句句直抉人心。珍珍先生虽然只是一个戏院看戏般的观众，但眼前女人偶有思考时微微倾斜着脸庞，用佛画人物那般美丽的指尖不停拢发的模样，却是一点也没能逃出他的视线。出浴般的凝脂，家破人亡、天崩地裂也不动容分毫的淡然，忘我的姿态，这在珍珍先生眼里就是最具日本女性魅力的时刻。经过数世纪的洗礼后，亚历山大诗行①以十二音的诗句尽情歌颂了巴黎姑娘的舞裙。我们国家著名的一中节《黑发》，单单黄杨小梳这个词就足以撼动我们的情绪。但这其中也隐藏着令人感到悲哀的东西，那些色彩斑斓的丝带虽美，那镶嵌着钻石的梳子虽时尚，但仅靠美丽的物形物色还远

---

①亚历山大诗行，法国诗歌中的主要诗体。每行有十二个音节，主重音在第六音节和最后音节；每半句诗行各有一个次重音。

不足以勾起新时代女性的艺术幻想，这不仅需要岁月的沉淀，还需借助更多的新时代艺术力量。然而，日趋完善的江户艺术中所表现的不仅仅是女子化妆时的姿态，更多的则是对充满鲜活生命里的下町女子衣食住行的展现。细蒙蒙的春雨中推开格子门，撑开蛇目伞①的模样；坐在长火盆旁，支起长烟管的玉手；暮色中深埋脸颊于衣襟内沉思的容颜；无意被风吹起的一绺秀发；自然垂落的衣带，无不散发出难以言喻的万种风情。何为"风情"？不正是那种只有经过充分艺术熏陶的空想家才能体会的，无法用语言表达的复杂、丰富的美感吗？而且还是一种轻柔、淡雅、明快的半降音小调。珍珍先生觉得每到傍晚时分，看自己那位艺伎出身的妾侍坐在镜台前梳妆的模样，就仿佛是在欣赏一幅活色生香的浮世绘。他觉得自己可以在这种丝毫不懂明治时期女子教育为何物的低贱娼妓的淫靡生活中，找到早已烂熟了的昔日文明的残留痕迹。珍珍先生之所以愿意不穿洋装，在妾宅里度过阴郁的半天光景，正是为了获得这一点微不足道的慰藉，"妾宅"这两字本身就散发出了废灭的气息，如果出现在杂志上，必定又会在那群认定文艺即恶德的老顽固们的世界中引发轩然大波，只要一想到那些老学究跳脚的模样，他就更开心了。

---

①蛇目伞，日本纸伞。

六

　　小妾化完妆后，正好侍女也开始在灶台生火，准备做饭了。为了迎合珍珍先生的特殊癖好，这所妾宅里看不到任何可能让人联想起新时代的餐馆或是茶室包间的餐具，上至紫檀，下至清漆餐桌都是绝不允许出现的。长火盆前摆着一个略大的猫足食案，漆面斑驳，可见也是件年湮代远之物。珍珍先生的某一本小说就是完全反映了这种最原始的感情，但出版后不久就被内务省冠上了伤风败俗之名并予以封杀。书店一得到消息就上门要求赔偿损伤了，紧接着文坛中对他的批判更是此起彼伏，没个停歇，诸如"欢乐的哀伤、放荡的追忆"等骂名接连而至，丝毫不给自己喘息的机会。现在还真是万幸，自己竟开始为高等无业游民和不良少年才会看的文艺杂志供稿了，任谁也得为五斗米折腰啊。不过，或许是出于对昔日高贵出身的难以释怀之情，也或许是在长期以来对无拘束艺术形式的渴望过程中，尤其期待自然呈现的贵族形态的端庄华丽与古典线条般的清晰明朗，珍珍先生的这种一流艺术思想，不知不觉间就渗入了琐细的日常生活之中。（这些均不为作者所知。）总之，珍珍先生一定会在饭前整肃衣纹，调整腰带，再到廊外洗净双手后端正坐下，即使有时双膝张开而坐，也绝不会盘腿或是露出长毛的小腿来。吃饭时，珍珍先生会在膝上放一块折成三折的手帕，就像法兰西人一定会在衣领处塞上一张餐巾一样。酌一口小妾斟的酒，就会慢悠悠地看一眼食案。

海参肠被堆放在小小的脏桶里。桌上的小碟子里放着三片红色鱼子酱，看着倒像一碟子松脂。桌上还放着千住名产酱烤冬鲫鱼、串烤河虾，以及今户地区有名的甜柚味噌，这些都是小妾在吃茶泡饭时最喜欢的佐菜。珍珍先生打开满是污垢的桶盖，用杉木筷子挑起几根颜色看着就像腹泻患者的排泄物一般的海参肠，那些细长如丝的肠子成片地连在一起，好不容易挑了几根上来，还没到碟子里呢就又滑了下去，等到终于挑起合适长短的海参肠后，就移到了放在一旁的小碟子里，然后小心翼翼地盖上桶盖。他并没有马上送入嘴里，而是恍惚地闻着犹如荒凉海滩的那种腥臭气味。在珍珍先生看来，无论是海参肠的味道、颜色，还是满是污垢的木桶，都是不被任何人为修饰与处理（至少表面上看不出来）的最自然之物，但当这种野生、粗暴与陶器、漆器等美丽的器皿相遇时，就碰撞出了一种难以言喻的大胆而意外的不协调，这是一种可以被称为雅致的似是而非的美感上的满足。若由某一派爱国主义人士来解释这种雅致，他们大概会称之为日本人独特而传统的兴趣吧。例如在室内装饰方面，日本人必定会选用不去树皮的天然树木来做屋内

269

的柱子，插花时一定会用刚砍下的青色竹筒，这些习惯在洛可可和新古典风格中都是不存在的。不过这种理论也并非绝对，需要附加一定的条件，并具有一定的适用范围。如果非要强调并运用这一理论进行东西方文明的比较，那根本无须举这些细微的例子，只看日本人住着纸房子，每到夏日便和蛇虫鼠蚁一起睡在榻榻米上这一点便足以说明他们的无上雅致了。珍珍先生漫不经心地想着这些事，多年来的美食经验让他炼成了一个敏感到可以称为病态的舌头，不仅是各种酸甜苦辣，就连一些一言难尽的奇妙味道都能吃得津津有味，他觉得一个沉湎于不分古今中外文明的极致之人，首先必须是一个喜爱美食之人。艺术至不为国家所相容时始为尊，食物亦是如此，只有背离于卫生时，才能生出至高的真味。但那些老婆孩子热炕头，功名利禄全不缺的人，是不会有勇气进入这个境界的。在这个层面上，体物被自然地分成了专家与外行两个类型，珍珍先生试图往自己的颓废趣味中加入一些不容否决的艺术价值与威信，得意之余，也给自己的荒寂生涯以些许慰藉。但又不免觉得自己的未来有些恐怖，这一辈子大概也没什么希望了。会发自内心地感慨鲜美多汁的牛肉和精美考究的盐烤鲷鱼真是人间美味的那些健康朴实而又纯真无邪的人们，才是最幸福的人，若自己还能回到那个纯真的状态该多好啊，大概会高兴到忍不住三呼万岁吧……珍珍先生满腹惆怅地喝了两三杯酒后，只见自己的小妾已经在平整的头上戴了一条新帕子，她正跪在厨房的地板上用涂了柿漆的团扇频频扇着炭炉。她正在煮白鱼等菜，这些她都不放心交给侍女做。

七

何等物哀而美丽的姿态啊！头巾衬托出了脖颈间精致的晚妆，高领窄袖和服，肩头的半缠①和服似要滑落，腰上系着围裙，随意一绑的昼夜腰带②。现代道德家们要是看到眼前这幅情景，定会忍不住蹙紧了眉头，要是让那些警官看到了，也定会用狐疑的目光不停打量。这位如歌川国贞浮世绘上的半老徐娘般的女人依旧在厨房里麻利地干着活，厨房门口破旧的水窗、窗前的拉绳、炭炉、水罐、灶台，还有一旁不断被烟熏火燎洗礼的柱子上贴着的荒神③像，女人的身姿与厨房的杂乱污秽相映衬，倒有了几分草双纸④般无常、寂寥的情调，抑或是哥泽歌谣中三弦琴传出的古朴情调。不仅是伺候自己吃饭的时候，她独自一人坐在长火盆旁，火光将她的身影投射在那片污墙上的

①半缠，一种和服类型。
②昼夜腰带，黑白两色相间的和服腰带。
③荒神，日本的灶王爷。
④草双纸，一种日本古典通俗小说。

时候，她一脸宁静地缝着自己的衣服时，夜里伺候完自己休息，就在一旁安静地为自己折好羽织和服，把角带^①放在衣服上后又看了看枕头旁烟草盆里的火，把油灯的灯芯往下按了按，拉直弯曲的屏风，然后才坐到枕头上，一只膝盖压在被褥上，将抽过一袋烟后的烟管递给自己的时候，珍珍先生总会涌出无尽的哀伤与无尽的感激之情。无尽的哀伤是因为他发现恐怖的专制时代女子教育中的感化，如遗传般地传到了花柳巷中未受教育的烟花女子的身上。无尽的感激则是因为新时代对女子教育的效果，与专制时代相比，无论在德育、智育、实用还是审美方面，都是有着天壤之别的。目不识丁的小妾既不使用瓦斯炉，也不用看洋人写的烹饪书籍，就连最基本的烹调工具都没有，一样能做出美味可口的饭菜。甚至还能根据季节的变化，选择最能体现出俳句诗趣的鱼肉蔬菜进行搭配。即便如此，她也总因为自己出身卑贱而事事谦让。无论家庭多么安定美满，自己的丈夫感到多么幸福与满足，她也从不因此而居功自傲。不像某些女校出身的夫人，趁着丈夫不在家接受了报社杂志记者的访问，还一副颇以为荣的模样拿出平时的照片，说什么"这就是我们的家庭"之类的。平日里总是满口脏话的珍珍先生倒也不是完全否定新时代的女权主义，至少他就觉得女性是毫无疑问应该具备参政权的。但无论是男人还是女人，不管多理所当

①角带，一种用较硬的面料做成的男装和服的带子。

272

然之事，也不能由自己第一个指出来，深谋远虑、老成稳重的性格不是更显得深沉优雅吗？现代女性们或许会因此而谴责自己："什么时候都是一副好好先生的样子，只会让你的权利不断被践踏，到最后永无出头之日。"被强者所践踏，所毁灭，以致永无出头之日，这不正说明了强者的下贱与无礼野蛮，以及弱者的高尚与美丽吗？这阴云蔽月、风雨残花中带着何等的别样风情啊！若如此，自己更无须做那个下贱丑恶的强者了，不若如洁白似雪的落花一般消失于风中。不管何事都急于主张自己认为的正当权利，这种强词夺理的做派与那些讼棍、八卦记者和乡下议员又有何异？与此相比，遭受诬陷却不辩解，悲壮地走上刑场，最终与晨露一起消失于天际……这种东洋特有的残忍非道不是更令人快哉？想象一下，在青山、原宿的气派公寓的二楼，摆放着如百货商场般的桌椅和精美的装饰物，女子大学毕业的妻子套着宽松的深灰色足袋①，大声指责丈夫的品行不端，这看起来就像是个日本的娜拉②，但如果真想看上去像深沉与坚强的娜拉那样，还得先把自己变成金发碧眼的洋妞，最好就连张口说话也改成英语或德语。日本女人最美的地方本就在于不便行走的长款绢丝衣物、昏暗的纸屋子、元音较多的缓慢语速之中，这一切因素在达到极致的平衡后造就而成的不可撼

---

① 足袋，日本的分趾袜子。
② 娜拉，挪威易卜生戏剧《玩偶之家》的主人公，此处引申为新时代的女性。

动的日本女性美，并非一种动态美，而是一种缓和的静谧之美。不争不抢、不辩不露，日本女性的美就在苦、恼、哀、怜的复杂情绪中得到了无限延伸。无论内心多么悲伤苦楚，她们也不会像莎拉·伯恩哈特[①]般说出一段长长的台词为自己辩解，只会独自缩在昏暗的灯影下默默悲伤，口中低喃着"此时唯有半七[②]君"的歌词。自古以来，人们就常说日本女性之美恰如忧愁海棠雨，幽怨柳絮风之风情，其实日本这片庭院式国土上特有的无序、淡泊、可怜、疲劳的生活方式以及国民身上的柔弱虚幻等如诗般的情怀，不也充满着这种别样风情吗？

八

然而，多年的严酷制度让我们的生活出现了因袭式的沉闷、贫乏、腐臭、无助、古板。彻底颠覆这种无法容忍的沉寂与空虚，不能依靠徒劳无用的反抗与愤怒怨嗟，只有用豁达与宽容的心态，以及善于在单调到索然无味的生活中发现点滴乐趣的技能，将这些素材加工成充满智慧，可供嘲笑戏谑的轻快艺术。这个盛产樱花与三味线的国度，虽与中国、土耳其一样都是专

---

① 莎拉·伯恩哈特（Sarah Bernhardt，1844—1923），法国女演员，《茶花女》的主演。
② 半七，冈本绮堂的《半七破案录》中的侦探英雄。

制国，却不似他们一般拥有着雄厚的财力与丰富的资源，所以建造不出万代不易的雄伟建筑。也没有荒凉的沙漠与原野，所以无法诞生诸如孔子、释迦、基督等人提出的宗教与哲学，虽也有温暖的海，却催生不出希腊般的艺术形态。即便有那么一两个称得上美轮美奂的物件，似乎也到不了通古达今、世界第一的高度。不过话说回来，究竟有没有可称世界第一的东西呢？除了从贫乏腐臭、索然无味的生活细节中发现可供人们嘲笑戏谑的乐趣，并将其融入可供鉴赏的俳句、川柳、端呗、小调等艺术中的这种文学形式外，大概再也找不到其他东西了吧。当然这也不是空口无凭之事，无论是《诗经》还是《唐诗选》《三体诗》，基本是不会出现日本俳句那般将漏雨的屋顶、破旧的格子门、人马鸟兽的粪便、厕所与厨房等写入纯艺术趣味作品中的情形。希腊罗马以后的泰西文学虽也曾风靡一时，但似乎也从未有人敢如日本俳谐师宝井其角、小林一茶那般，把屎尿屁大胆地写入诗里。不得不说，日本文明的一大特征便是即便在日常的对话中，也会用一种轻松幽默的方式加入低级下流的元素。毫无疑问，这一特征的起源便是创造了所有日本特殊文明的蛰居型"江户人"。若有人质疑珍珍先生的这一论述，不妨先观察一下极其平凡的传统日本房屋，看看厕所与走廊、客厅的格子门、庭院之间的搭配便可以了解日本人的审美价值了。看看除了主屋外其他屋子顶上的矮小鳞状屋顶，竹制的格子窗，入口的杉木门，尤其是走廊边用于洗手的水盆和木勺，还有一旁矗立在若隐若现的篱笆墙前的南天竹、红梅等庭院树，树下长着许多叶兰、石款冬等，俨然成了这些大树的护根草。春晨黄莺勺上立，悠闲啄饮盆中水。夏夕廊下青苔湿，大腹蛤蟆忙嬉戏。家里的主人一般也会把赏玩用的石菖蒲和鱼缸放在靠近水盆的廊下。旅馆的老板娘总是喜欢把虫笼和风铃挂在厕所门口附近。草双纸的封面和衬页的设计中，厕所门、悬挂手巾和洗手盆的元素被运用到了淋漓尽致的程度。如是这般，在都市家庭的幽雅的表现中，特意加入厕所区域的元素以体现城中住宅的诗情画意，这恐怕是日本特有的现象吧。饶是狂傲到从未正眼看待过习惯与道德的法国画界，也似乎从未出现一幅以厕所诗趣为题的作品吧。如此想来，江户的浮世绘画师将厕所元素与女性元素相结合后获得的成功，或许是一种巧妙的冒险吧。穿着一件宽松的睡衣，口中衔着一张怀纸①，半跪在水盆边用木勺舀水洗手，香艳的小腿让人浮想联翩。这一流派的绘画作品中往往还会突出女子身旁卧室里透出的光束，通过对光和影的夸张表现，带来细雨深夜，海棠萧萧落满庭的风情。虽是一幅画，又何尝不是一首无人不懂，无人不喜，无人不恋，却又微妙无声的诗呢。这并非妄言。但对于那些固执地认定戏就是戏，

①怀纸，折叠起来放在和服的怀中随身携带的两折的和纸，换盘子的时候或喝完茶擦茶碗的口印的时候使用。

画就是画，艺术情趣若无特别的奢侈豪华，就绝不会被平民大众所喜爱的人来说，想必是难以接受这个观点的。但事实上，添加厕所元素以让风花女子的身姿更显娇艳的手法，并不是丰国或国贞的锦绘中独有的。单看如今珍珍先生就在这三坪的僻静妾宅中，从自己小妾身上体味这种廉价的情趣看来，就知这话不是虚言了。

九

这个时代的人们对于文学美术有着极大的偏见，只无限放大了弊害，而对益处则视而不见，因此文学与美术在他们眼里就是十恶不赦之物，唯恐避之不及。若被那些将之视为国之危害，世之隐祸的老人们听到这些在日常生活中加入艺术趣味以提高生存愉悦度的言论，定会瞠目结舌的。特别是国民性大艺术的兴起，就意味着无论是个人还是国家，都要牺牲大量的金钱、精力和时间来实现。万一出现失误，可能就会贻害千年。日本只是一个贫穷的效果，哪怕思想价值再高，演一场近乎完整的瓦格纳歌剧，对就连大米和食盐都被苛以重税的平民百姓而言，只怕又是一场涂炭之苦了。不过倒也无须担心，毕竟这些艺术只要完全符合二宫尊德①的教义就能安然无恙,许多艺术正是如此。好在日本的老人们只要提到英吉利国,无论何事都能欣然接受。就拿威廉·莫里斯②来说吧,这位英国近代装饰美术的变革者完全汲取了健全的约翰·罗斯金③理想流派。莫里斯总是抨击现代装饰及美术艺术的堕落,他认为趣味与豪华不应被混为一谈,美与富贵本就是完全不同的两个概念,他呼吁人们应用趣味代替奢华。莫里斯主义对艺术的偏狭十分厌恶,他主张艺术就应该追求大众化的鉴赏与实用意义,也因此偶尔会做出一些极端过激的言论。但这些言论不仅对英国社会,就连对日本社会都具有极高的教育意义。就以现代一般艺术为例,无论是富人还是穷人都会感觉这是寡淡乏味的艺术,莫里斯作为当世一位高尚优雅的绅士,他的足迹遍布意大利、埃及等众多国家,不仅在古代文明领域取得了非凡的成就,对古美术的造诣也绝不输给任何人,他总是感慨,为什么居然有人能那么淡定地住在批量化般装饰而得的丑陋低俗的房屋中呢?这是对那些高级知识分子的蔑视,自诩才识卓绝的他们居然连家具、装饰等最日常的艺术都如此漫不经心。日本社会亦是如此,古董字画的精妙清雅,与标榜珍爱字画的现代绅士富豪的思想生

---

①二宫尊德(1787—1856),江户末期的农学家,创建了报德教,提倡阴德、积善与节俭。
②威廉·莫里斯(William Morris, 1834—1896),英国最杰出的设计师,工艺美术运动的代表。
③约翰·罗斯金(John Ruskin, 1819—1900),英国艺术批评家,是维多利亚时代艺术美学的重要代表、维多利亚时代实用艺术最积极的推动者。

活形成的鲜明对比，任谁都会不由哑然。更令人哑然的莫过于那些歌颂新艺术新文学的近代文学青年了，他们滔滔不绝地谈论着意大利复兴时期的美术，德国近代抒情诗，大肆宣扬着艺术即生活，生活即艺术，但私底下却做着言行不一致之事，真是可怜又可叹啊。看吧，他们就连如何选择与自己容貌气质相符的衣物都难以决定。或如辩护人之门卫，或如牙医之衰败，或如业余巡警，或如浪花节艺人，或如无赖昏官之走狗，外表虽千差万别，但无人不知这只不过是披在肮脏灵魂外的一块遮羞布罢了。他们对理应成为思想伴侣的文房四宝视而不见，反正总有庸俗的商人为自己推销一些毫无设计美感的东西。他们不仅把自己的屋子弄得乌烟瘴气，就连在饭馆吃饭的时候，也会把沾满泥土的外套随意扔在挂着字画、摆放着雕刻品的壁龛上，在一尘不染的庭院中随意丢弃烟头，或是粗暴地把榻榻米烤个焦黄，或是向火盆的灰烬中吐痰，他们之所以能心安理得地做出这些低俗的举动，不正是因为他们对居室、家具、餐具和庭院等中的美毫无尊敬与爱惜之心吗？若是军人或是包工头做出这种举动，尚且情有可原，但若是一个日日高谈美与协调的画家文士过着这样粗暴的生活，还丝毫不觉愧对自己的艺术良心，那可就是怪异至极之事了。这些无心的艺术家即便真能创作出诸如新文学、新戏剧、新绘画、新音乐这般新兴艺术，那也是徒有其表，毫无灵气的。如今的文学杂志不仅纸质粗

劣，更是错字百出，体裁卑俗，看来也不完全归结于经济问题
啊……

　　闲话休提。小妾已经从厨房里端出精心烹制的海胆酱白鱼
了，二人对坐共饮。正可谓是自怜此身无定在，空羡他人意风
发。此处不表，待后卷再叙，望读者体谅。

　　　　　　　　　　　　　　　　　　明治四十五年四月

永井荷风年谱

明治十二年（1879 年）

十二月三日，永井荷风出生于东京市小石川区（现文京区）金富町四十五号，名为壮吉。其父久一郎是尾州藩士永井匡威的长子，师从鹫津毅堂学习儒学，又师从森春涛学习诗词，作为汉诗人闻名于世，号禾原、来青；明治四年赴美国普林斯顿大学留学；历任文部省会计局长，日本邮船株式会社上海、横滨分社长。其母阿恒为鹫津毅堂的次女。荷风有一姐二弟，姐姐早逝，二弟名为鹫津贞二郎，三弟名为永井威三郎（明治二十年十一月出生）。

明治十六年（1883 年）四岁

二弟贞二郎出生，荷风被寄养在下谷区竹町的鹫津家中。

明治十七年（1884 年）五岁

通过鹫津家进入御茶水女子高等师范学校附属幼儿园。

明治十九年（1886 年）七岁

回到小石川老家，进入黑田小学普通科学习。

明治二十二年（1889 年）十岁

进入东京府普通师范附属小学高等科学习。

明治二十三年（1890 年）十一岁

其父从帝国大学秘书调任至文部大臣秘书时，举家搬迁至长田町的官邸。荷风进入神田锦町东京英语学校就读。

明治二十四年（1891 年）十二岁

因其父调任文部省会计局长，回到小石川本家。进入神田一桥高等师范学校附属普通中学就读二年级。

明治二十六年（1893 年）十四岁

移居至麴町区（现千代田区）饭田町三丁目鬣之木坂下。

明治二十七年（1894 年）十五岁

移居至麴町区一番町四十二号。师从冈守节学习书法。

明治二十八年（1895 年）十六岁

一月感染流行性感冒，一直卧床到三月底。四月，转院到小田原的足柄医院治疗；七月回到东京。

明治二十九年（1896 年）十七岁

师从岩溪裳川学习作汉诗；师从荒木竹翁学习尺八。

明治三十年（1897 年）十八岁

二月，在吉原游玩。三月，初中毕业。父亲辞去会计局局长一职，担任日本邮船株式会社上海分社长。九月，和家人一起前往上海。十一月，随母亲和弟弟回国，进入东京高等商业学校附属外国语学校汉语科学习。

明治三十一年（1898 年）十九岁

二月，在《桐阴会杂志》上发表《上海纪行》。九月，携处女作《帘中月》拜访广津柳浪，成为其门下弟子。

明治三十二年（1899 年）二十岁

三月，成为落语家朝寐坊的门生，并取名三游亭梦之助，每晚出入曲艺场。此外，还练习清元、舞蹈、尺八，因未参加毕业考试被外国语学校开除。五月，在《烟草杂志》上以广津柳浪的名义发表了《三重襷》。六月，《花笼》获《万朝报》小说征集活动一等奖并发表。八月《弦月》获《万朝报》小说征集活动二等奖并发表。十月，分别以荷风、柳浪合著名义在《文艺俱乐部》上发表了《薄衣》，在《伽罗文库》上发表了《夕蝉》。同年，经中国人罗卧云（号苏山人）介绍，结识了严谷小波，并成为木曜会的会员。

明治三十三年（1900年）二十一岁

一月，《烟鬼》作为小说征集活动特别奖在《新小说》（临时增刊号初日之初）上发表。《染浊》在《善恶草》上发表。四月，《暗夜》入选《新小说》小说征集活动奖。五月，《四叠半》在《若草》上发表。六月，经榎本虎彦介绍，成为福地樱痴的门生，并成为歌舞伎座狂言见习作者；在《善恶草》上发表了《胧月》；在《文艺俱乐部》上发表了《纳发》。八月，其祖父匡威去世；在《文艺俱乐部》上发表了《青帘》。九月，在《关西文学》（即改版后的《善恶草》）上发表了《花落夜》。十二月，在《活文坛》上发表了《邻座敷》（后改名为《庭之夜露》）；在《文艺俱乐部》上发表了《拍子木物语》。

明治三十四年（1901年）二十二岁

三月，在《文艺俱乐部》上发表了《小夜千鸟》，在《活文坛》

上发表了《樱之水》。五月，福地樱痴离开歌舞伎座，出任《日出国新闻》报社总编辑，荷风也加入该报社，成为杂志栏的助手。后在该报纸上连载了《梅历》，但由于不受欢迎，五月中断连载。八月，在《文艺俱乐部》上发表了《草莓的果实》。九月，被报社解雇，立志到晓星学校的夜校学习法语。

明治三十五年（1902 年）二十三岁

一月，翻译左拉的《冰夜》在《白鸠》发表。四月，《野心》作为新青年小说丛书的第一卷由美育社出版；在《饶舌》上发表翻译作品《左拉的故乡》。六月《暗之呼唤》在《新小说》上发表。九月，《地狱之花》由金港堂出版，稿费七十五日元；移居大久保余丁町七十九号。十月，在《文艺界》发表《新任知事》。

明治三十六年（1903 年）二十四岁

一月，经市村座介绍首次结识了森鸥外。五月，《梦中女》由新声社出版。七月，在《新小说》上发表《夜心》；在《大阪每日新闻》上连载翻译左拉的《恋与刃》至八月完结。九月，翻译左拉的《娜娜》由新声社出版；二十二日，乘坐信浓丸号前往美国。十月，到达塔科马，进入高中学习；在《文艺界》上发表《隅田川》。十一月，《恋与刃》由新声社出版。

明治三十七年（1904 年）二十五岁

四月和五月，在《文艺俱乐部》上分别了发表《船室夜话》（后改名为《船房夜话》）和《舍路港的一夜》。十月，移居圣路易斯。十一月，进入密歇根州卡拉马祖学院旁听。

明治三十八年（1905 年）二十六岁

六月，移居纽约。在《文艺俱乐部》上发表了《冈上》。七月，作为勤杂工到日本驻华盛顿公使馆居住，并认识了妓女伊迪丝（音译）。十一月，回到卡拉马祖。十二月，以临时工的身份进入正金银行纽约支行。

明治三十九年（1906 年）二十七岁

二月，在《太阳》发表《强弱》（后改名为《牧场的路》）。十月，在《文艺俱乐部》发表《长发》。对法国的憧憬与日俱增。

明治四十年（1907 年）二十八岁

六月，在《太阳》上发表《雪之宿》。七月，在父亲协助下，进入法国里昂的正金银行支行工作。

明治四十一年（1908 年）二十九岁

三月，难以忍受银行的工作，辞职去了巴黎。前往英国，后经由香港于七月回到日本。八月，《美利坚物语》由博文馆出版。十月，在《新潮》上发表《ADIEU》（法语，告别）（后改名为《巴黎之别》）。十一月，在《早稻田文学》上发表《蛇的利用》。十二月，在《新小说》上发表《成功之恨》（后改名为《再会》）。

明治四十二年（1909年）三十岁

一月，在《中学世界》上发表了《狐》，在《新潮》上发表了《祭夜谈》。二月在《趣味》上发表了《深川之歌》。三月在《早稻田文学》上发表了《狱中》；博文馆出版了《法兰西物语》，但在申请出版时被禁止发售。四月，在《新文林》上发表《译诗两首》。五月，在《中央公论》上发表《祝酒杯》，在《新潮上》发表《春天来临》。七月，在《新小说》上发表《欢乐》，在《中央公论》上发表《牡丹客》，在《昂》上发表译诗《恶之花》。九月，在《昂》上发表三首译诗；《欢乐》由易风社出版，被禁止发售。十月，《荷风集》由易风社出版；在《中央公论》上发表《归国者日记》（后改名为《新归国者日记》）。十二月，在《新小说》上发表《隅田川》；《冷笑》在《东京朝日新闻》上连载，次年二月完成。同年，他结识了滨町的妓女藏田，夏天过后结识了新桥的妓女——藏田新翁家的富松（吉野浩）。

明治四十三年（1910年）三十一岁

一月，在《中央公论》上发表《假寐之梦》。二月，庆应义塾大学文学部改革之际，经森鸥外、上田敏推荐，出任文学部教授；在《屋上庭园》上发表《西班牙料理》。五月，主持的《三田文学》创刊，《喝过红茶之后》自此陆续连载，于次年十一月完结；《冷笑》由佐九良书房出版。九月，戏曲《平维胜》在《三田文学》上发表。这一年，荷风几乎每个月都在《三田文学》上发表雷尼尔和诺瓦耶的诗歌译文。结识了新桥的艺伎巴家八重次。

明治四十四年（1911 年）三十二岁

一月《秋别》，二月《下谷之家》，三月《灵庙》，八月《不眠夜的对话》（后改名为《短夜》），九月、十月、十二月《意大利新晋女作家》在《三田文学》发表。

明治四十五年（1912 年）三十三岁

一月，在《中央公论》上发表《暴君》（后改名《烟》）；在《三田文学》上发表戏曲《病叶》。三月，在《朱栾》上发表《妾宅》；在《三田文学》上发表《若旦那》（后改名为《色男》）。四月，在《中央公论》上发表《感冒的感觉》；在《三田文学》上发表了《浅濑》。六月、七月在《三田文学》上分别发表了《名花》《松叶巴》。九月，与木材商人斋藤政吉的次女结婚。十一月，《新桥夜话》由籾山书店出版。十二月下旬，与八重次在箱根塔之泽游玩时，其父因脑溢血昏迷不醒，不知荷风所在。

大正二年（1913 年）三十四岁

一月二日，其父去世。在《三田文学》第三、第四号上连载了《剧作者之死》（后改名为《散柳窗的晚霞》）。二月，以父亲去世为契机，与妻子离婚。四月，《珊瑚集》由籾山书店出版。五月、六月，在《三田文学》上发表了《父恩》。九月，《大洼记》（后改名为《大洼与里》）在《三田文学》上连载，次年七月完成。十二月，在《三田文学》上发表了《恋衣花笠森》。

大正三年（1914 年）三十五岁

一月在《中央公论》发表《浮世绘鉴赏》，七月在《三田文学》发表《浮世绘与江户演剧》。八月，在征得其母同意后，请市川左团次夫妇做媒，正式与八重次（金子）结婚。在《三田文学》连载《晴日木屐》，并于次年六月完成。

大正四年（1915 年）三十六岁

一月，《夏姿》由籾山书店出版，却被立即禁售。二月与妻子离婚。五月，移居至筑地一丁目。于籾山书店出版了《荷风杰作抄》。

大正五年（1916年）三十七岁

一月，移居至浅草旅笼一町十三号米田处。一月、二月，在《三田文学》上发表《花瓶》。三月，辞去庆应义塾大学教授职务，停止编辑《三田文学》。四月，与籾山庭后、井上哑哑等人共同创办杂志《文明》。七月，回到大久保洋町的家，将六叠大的正门命名为断肠亭。八月，在《文明》上连载《竞艳》，次年十月完成。十二月，与米田断绝联系。同年，结识了神乐坂的妓女中村。

大正六年（1917年）三十八岁

一月，在《文明》上发表了《爱慕狐》（后改名为《旅姿思挂稻》）。四月，在《文明》上连载《西游日志》（后改名为《西游日志抄》），七月完成。九月，搬至木挽町九丁目居住，并将自己的房子命名为无用庵。十二月，通过十里香馆私人出版了《竞艳》（限量五十部）。停止《文明》的编辑工作。

大正七年（1918年）三十九岁

一月，由籾山书店出版《断肠亭杂稿》。在《中央公论》发表了《龟竹》。三月，在《三田文学》上发表《姑妄写之》。五月，与井上哑哑、久米秀治等人共同创办文艺杂志《花月》;并在《花月》上连载《龟竹》的续稿，十一月完成。十一月、十二月，在《花月》上发表《禾原先生游学日志》；由春阳堂出版《荷风全集》（全六卷），大正十年（1921年）出版完结。十二月，卖掉了余丁町的房子，移居至筑地二丁目三十号。

大正八年（1919年）四十岁

五月，在《三田文学》上发表了《断肠亭尺牍》。十二月在《改造》上发表了《花火》。

大正九年（1920年）四十一岁

三月，由春阳堂出版《江户艺术论》。五月，在麻布市兵卫一町六号建起新居，并将涂漆的区域命名为偏奇馆。九月，在《新小说》上发表《一百二十日》。十月，在《新小说》上连载《偏奇馆浪漫录》，次年三月完结。

大正十年（1921年）四十二岁

三月，在《新小说》上发表《雨潇潇》。七月，戏曲选集第十二卷《三柏叶树头夜岚》由春阳堂出版。

大正十一年（1922年）四十三岁

二月，在《明星》上发表《早春》。三月，春阳堂出版戏曲集《秋别》；《积雪消融》在《明星》上发表。六月，《两个妻子》

在《明星》上陆续连载，并于次年一月完结。十二月，《隐居琐谈》在《明星》上发表。

大正十二年（1923 年）四十四岁

三月，《耳无草》在《女性》上陆续连载，并于次年一月完结。

大正十三年（1924 年）四十五岁

二月，在《女性》上连载《下谷之话》（后改名为《下谷丛话》），七月完成。四月至五月，在《苦乐》上发表《猥谈》（后改名为《桑中喜语》）。九月，《麻布杂记》由春阳堂出版。

大正十四年（1925 年）四十六岁

二月，在《女性》上发表《卷发》（后改名为《弄卷发》）。六月，春阳堂再版《荷风全集》（全六卷），于昭和二年（1927 年）完成。

大正十五年（1926 年）四十七岁

四月，春阳堂出版《荷风文稿》。七月，在《苦乐》上发表《出租房的女人》。

昭和二年（1927 年）四十八岁

六月,《荷风随笔》在《中央公论》上连载,次年三月完结。七月,由春阳堂出版明治大正文学全集《永井荷风篇》。九月,由改造社出版现代日本文学全集《永井荷风集》。

昭和三年（1928 年）四十九岁

三月,改造社出版《新撰永井荷风集》。

昭和四年（1929 年）五十岁

二月,《单相思》在《中央公论》上发表。

昭和五年（1930 年）五十一岁

十二月,《梦》脱稿。该作一直秘而不宣,直到昭和二十七年（1952 年）四月在《中央公论》上发表。

昭和六年（1931 年）五十二岁

三月和五月,在《中央公论》上分别发表了《紫阳花》（后改名为《绣球花》）和《榎物语》。八月,在《三田文学》上发表《夜之车》。十月在《中央公论》上发表《梅雨前后》。

昭和八年（1933 年）五十四岁

该年，结识私娼黑泽。

昭和九年（1934 年）五十五岁

八月，在《中央公论》上发表《背阴之花》。

昭和十年（1935 年）五十六岁

四月，由偏奇馆私人出版了《冬之蝇》。

昭和十一年（1936 年）五十七岁

四月，青灯社出版《桌边记》。

昭和十二年（1937 年）五十八岁

一月，在《中央公论》上发表《万茶亭的黄昏》(后改名为《作后赘言》)。四月，印制个人书《濹东绮谈》，并在《东京、大阪朝日新闻》上连载，六月完成。九月，其母阿恒去世。自十一月左右，经常前往浅草，开始出入歌剧院等场所。

昭和十三年（1938 年）五十九岁

二月、四月，在《中央公论》上分别发表《面影》和《女佣的话》。五月在《新喜剧》上发表《葛饰情话》。

昭和十六年（1941 年）六十二岁

四月、五月，在《中央公论》上发表《杏花余香》。七月至八月，执笔写下《为永春水》。

昭和十七年（1942 年）六十三岁

三月，《浮沉》脱稿。十二月，执笔创作《勋章》。

昭和十九年（1944 年）六十五岁

二月，《舞女》脱稿。四月《来访者》脱稿。十一月，《自言自语》脱稿。

昭和二十年（1945 年）六十六岁

三月十日清晨，偏奇馆被空袭摧毁，前往在原宿的表弟杵屋五叟处避难。四月，移居东中野文化公寓。五月，再次受灾，前往驹场避难。六月，去往冈山，受灾。九月，寄居在热海和田滨的木户处。十一月，《不打自招》脱稿。

昭和二十一年（1946 年）六十七岁

一月，寄居在千叶县市川市菅野杵屋处；在《展望》上发表《舞女》，在《新生》上发表《勋章》，在《中央公论》上发表《浮沉》。二月，在《人间》上发表《为永春水》。三月，在《新生》上连载《战灾日记》(后改名《罹灾日记》),六月完成。七月,在《展望》上发表《不打自招》,后由扶桑书房出版。

昭和二十二年（1947 年）六十八岁

一月,寄居在市川市菅野的小西茂也处。十月,在《中央公论》上发表《木槿花》。

昭和二十三年（1948 年）六十九岁

二月,细川书店出版《荷风句集》。三月,中央公论社出版《荷风全集》(全二十卷),在《荷风全集》(附录第一号)上发表了《葛饰土产》(其一)。五月,在《中央公论》上发表了《苦心》。十一月,筑摩庄坊出版《偏奇馆吟草》。十二月,在市川市菅野一一二四地区购房并搬入。

昭和二十四年（1949 年）七十岁

四月,在《小说世界》上发表《停电之夜事变》。五月,中央公论社出版《杂草园》。六月,在《中央公论》上连载《断肠亭日乘》,次年八月完成。十月,在《中央公论》(文艺特辑号)上发表《人妻》。

昭和二十六年（1951 年）七十二岁

一月，创元社出版《永井荷风作品集》（全九卷）。

昭和二十七年（1952 年）七十三岁

十一月，被授予日本文化勋章。十二月，在《中央公论》上发表了《异乡之恋》（收录于禁售的《法兰西物语》）。

昭和二十八年（1953 年）七十四岁

一月，《荷风战后日记》在《中央公论》上陆续连载，并于七月完结。三月，《漫谈》在《中央公论》上发表。九月，中央公论社出版《永井荷风文库》（全十卷）。

昭和二十九年（1954 年）七十五岁

一月，成为日本艺术院会员。二月，中央公论社出版《裸体》。三月，《吾妻桥》在《中央公论》上发表。四月，《浅草交响曲》在《SUNDAY 每日》上发表。

昭和三十年（1955 年）七十六岁

一月《变心》、三月《黄昏时》、五月《表里》、十一月《水流》，分别在《中央公论》上发表。

昭和三十一年（1956 年）七十七岁

一月,《袖子》在《中央公论》连载。三月,《葛饰历》在《每日新闻》连载,四月完成。五月,《男人心》在《中央公论》上发表。

昭和三十二年（1957 年）七十八岁

《夏夜》和《冬日影》分别于当年度的一月和九月在《中央公论》上发表。

昭和三十三年（1958 年）七十九岁

四月、十月,《十年前的日记》在《中央公论》上发表。十一月,东都书房出版《永井荷风日记》(全七卷),次年五月完成。

昭和三十四年（1959 年）八十岁

一月,随笔《向岛》在《中央公论》上发表。四月三十日凌晨因胃溃疡突然死亡,后被女佣发现。他最后的日记写着"四月二十九日,祭日。阴"。五月二日,朋友在他家中举行了佛教告别仪式,并将他安葬在丰岛区杂司谷的永井家墓地。《荷风全集》(全二十八卷)于昭和三十七年（1962 年）十二月由岩波书店出版,昭和四十年（1965 年）八月完成。